林清玄小语

林清玄小语

匠士之道，平淡自有滋味

林清玄小语 （上）

林清玄 著

老树 绘

海天出版社（中国·深圳）

图书在版编目（CIP）数据

匠士之道，平淡自有滋味：林清玄小语. 上 / 林清玄著；老树绘. — 深圳 ：海天出版社，2016.12
ISBN 978-7-5507-1781-7

Ⅰ. ①匠… Ⅱ. ①林… ②老… Ⅲ. ①散文集－中国－当代 Ⅳ. ①I267

中国版本图书馆CIP数据核字(2016)第242697号

图字：19-2016-216号
　　本书中文繁体字版本由台湾九歌出版社在台湾出版，今授权海天出版社在中国大陆地区出版其中文简体字版本。该出版权受法律保护，未经书面同意，任何机构与个人不得以任何形式进行复制、转载。

匠士之道，平淡自有滋味：林清玄小语（上）
JIANGSHI ZHI DAO, PINGDAN ZI YOU ZIWEI: LIN QINGXUAN XIAOYU (SHANG)

出 品 人　聂雄前
责任编辑　许全军　童　芳
责任校对　万妮霞
责任技编　梁立新
装帧设计　知行格致

出版发行　海天出版社
地　　址　深圳市彩田南路海天综合大厦7-8层（518033）
网　　址　http://www.htph.com.cn
订购电话　0755-83460293（批发）　83460397（邮购）
设计制作　深圳市知行格致文化传播有限公司　Tel：0755-83464427
印　　刷　深圳市新联美术印刷有限公司
开　　本　889mm×1194mm 1/32
印　　张　8.25
字　　数　160千字
版　　次　2016年12月第1版
印　　次　2016年12月第1次
印　　数　1-15000册
定　　价　39.80元

自序

坚持美好的价值

我要前往印尼棉兰，由于无法直飞，只好飞到新加坡樟宜机场转机。

飞机航班又无法衔接，只好在樟宜机场过夜，不巧的是机场的过境酒店客满，连睡觉的地方都找不到。

机场的服务员告诉我："先生可以在机场的商店逛逛，我们的商店是二十四小时营业的。"

我在机场的商店街走了一个晚上，看到与世界各地的国际机场一样，所有的商店都被"名牌"占满了。

香奈儿、卡迪亚（Cartier）、赫马仕（Hermès）、劳力士、路易·威登、第凡内（Tiffany & Co.）、万宝龙、登喜路、乔治·杰生……

这些影响整个世界的名牌，都有它成功的道理，最重要的是，他们都把东西做到极致，不断地追求美好、细腻、精致，想要触及最好的、最高的境界。

名牌的创始人多是工匠，有的是皮匠，有的是钟表师，有的是裁缝，有的是银匠，经过一代一代地传承与努力，才达到世界巅峰。

这给我们多么大的启示：即使是最卑微的出身，只要有理想、有热情、够坚持、够努力，也可能达到最高的境界。

我在樟宜机场等到天亮才坐上飞机，当飞机穿过云层，突然看见云海翻涌、霞光万道，内心充满了感动。

这世界如此平凡，但只要我们坚持某些美好的价值，也能为世界添一些华彩、点亮一些光芒。

《匠士之道，平淡自有滋味》这本书正是用简明的叙述来表达坚持美好价值的重要。

林清玄

二〇一六年初冬

台北双溪清淳斋

目 录

第一辑　欢喜心过生活

匠士与酱士 🌸

路过黄山脚下的休宁县，在当地负责文化工作的朋友告诉我，当地有一种"士"，是别的地方所没有的创见。

那不是学士、硕士、博士，而是"匠士"。

由于休宁县是贫苦农地，受教育原来就不容易，受完教育要找到工作更难，为了这些农村青年的出路，创设了一个给初中毕业少年就读的"德胜－鲁班（休宁）木工学校"，以老木匠当师傅，培养专业的木匠。

得到师傅认可而毕业的学生，授予"匠士"学位，并带上匠士帽拍照。

能获得"匠士"学位的青年，就已经是独当一面的木匠了，不但谋生容易，也是很大的荣誉。

朋友告诉我，那个木工学校的校训之一竟然是：

"我们不认为一个平庸的博士，比勤劳敬业的木匠对社会更重要。"朋友说："匠士受到敬重的原因，是在这个混乱的时代，'匠士'的学位比博士学位更难造假。"

我想起不久前，用假学位在大学教了几十年书的假博士，以不存在的学校的博士学位诈欺多年的无毒专家，以及台湾每隔一阵子就被踢爆的假学位事件，不禁感到莞尔。

王永庆先生被选入当代名人录时，坚持登录时的学历要写小学毕业，而不是别人主动颁给他的十几个荣誉博士学位，这应该就是一种"匠士"的精神吧！因为博士某种程度上就是"酱士"。

这个社会学位被僵化、制式之后，匠士的精神也随之消失，其实是社会的重大损失。当我们走进美术馆、博物馆，看见唐的三彩、宋的青瓷、明式家具、清代金佛及无数的玉器、瓷器、木雕、金铜，就会看见许多匠士的灵魂在其中显影。匠士精神凋零后，谁与争锋？

走进最现代的百货公司，又有谁想过路易·威登原来是一个做皮具的工匠，爱马仕的先人是做马具的匠人，威治伍德是瓷匠，乔治·杰生是银匠，施华洛世奇是玻璃工匠！最优秀的匠人是艺术家，最杰出的艺术家就是大匠，连最伟大的禅师都是禅门宗匠！

　　或者，回归这种匠士的文化，才能使文明回到一个朴素的基点，使每个人都能以自己的才华坚持一生，以臻巅峰。他是用一生的努力发言，而不是凭着学历说话。我们不会想知道朱铭、杨丽花是什么学校毕业的，就像我们也不必知道贝多芬、凡·高是什么学历一样。

　　当我从休宁县仰望黄山的时候，看见了那种巍峨、那种苍劲，有着朴素的感动，黄山不必有多么好听的名字，黄山就是黄山，黄山只是黄山，黄山下的匠士正呼应了这感人的精神。

斧里乾坤大，刀中日月长

中国雕刻的特色

朱铭从乡下的小木刻师傅成为大木刻家已经很多年了，这其间，他的艺术有很多变革，但是种种变革都有脉络可循。就好像我们拿一把锯子从树顶上一段一段锯一棵树，那树的轮廓是非常明确的，一直锯到根部，都可以看到它的成长；如果我们用斧头直直地劈开那棵树，效果也是一样的，只要我们找出树的一部分，就能推想出树的巨大与形貌。

现在，我们就用横面和纵面的道理来看朱铭。

朱铭在童年、少年、青年时代和一般乡下人没有什么两样。他小时候替人放牛，和童年的游伴捕鱼、抓虾、捉蝉、找鸟巢，以及打弹珠、玩陀螺。他的童年生活广阔丰富，虽然在当时不一定有艺术的启示，但却为他后来的民族艺术发展打下了良好的底。

少年时代，由于战乱和家境的关系，他不得不去做学徒。在严格的学徒制度里，可以说，他是进入了"传统"，并且锻炼了传统的品格。他循着学徒的道路走，也必然会成为千千万万优秀的木刻工匠之一，其实在无形中，他已经在传统的大环境中得到了浸润，受到了影响。

青年时代的朱铭，由于待人和蔼、处事周到，在木刻技术上又下了很大的功夫，一跃而起成为通宵小镇上最好的木刻师，但是他还时常与别的师傅切磋，虚心请教。他从十五岁开始做木刻，默默地在小镇刻了二十三年，他第一次开展览会时，两鬓与胡子都已经冒出白丝了。

我常想，朱铭从童年到青年时代与大自然生活在一起，和乡土人物共呼吸，这是他非常重要的一个横面。我们看中国雕刻艺术的传统，一直有两层主宰的艺术特色：一是生息于大自然的特色，这也是中国雕刻中人像与物像地位相同的原因；二是独立创作的特色，它有时用来表现宗教和建筑艺术，但是并不屈从于宗教和建筑，而是独立地以大自然作为最高的原则。

朱铭木刻艺术可以说是基因于这两个特色的，这两个特色使中国的雕刻史上留下许多不朽的作品，但是也使中国的雕刻史上没有出现像米开朗琪罗或罗丹一样的雕刻巨匠——这是因为西方的雕刻以人为本位，而在中国的雕刻中，雕刻者只不过是与大自然融合的一部分罢了。

民间生息的大背景

从横面上看，朱铭生在民间生活的大背景中，但是他不满足于那样的大背景。在他的少年时代，台湾最著名的雕刻家是黄土水，朱铭就常问他的师傅李金川："我将来是不是有可能像黄土水那样到处去展览？"师傅叫他安心雕刻，等下一辈子吧。这个答案令少年朱铭感到迷惑。

表面上看，朱铭乐天知命、淳朴忠厚，但是在他的内心却有一份固执，不肯被命运束缚。有一次，朱铭和我谈起他的少年时代，其中有一件事很能反映朱铭这种固执的性格。

他说，十四岁的时候，他到附近一家杂货店当小弟，帮忙看店和送货。因为朱铭勤劳，待人也和气，那家杂货店的生意兴隆起来了，附近的人都爱向朱铭"交关"，不到一年的时间，本来生意冷淡的杂货店就扩大了店面，村里的人都对朱铭刮目相看。

店主有一个和朱铭同年的女儿，出落得十分标致。店主很喜欢朱铭，有意把女儿许配给他，朱铭本来也很喜欢那个女孩，只是那个时候年轻，并没有一定要娶她为妻的念头。

喜欢热闹的乡下人纷纷传言着：朱川泰（朱铭的本名）要入赘给杂货店老板当女婿了，朱川泰这个少年不错，招赘以后，杂货店就要传给他了。

甚至与朱铭同年的玩伴也常常拿这件事取笑他。就因为这样，朱铭离开了那家杂货店。

少年的朱铭是有壮志的，认为自己的前途要自己开创，妻子也要自己找，他不愿让别人命定他的道路。这种性格反映在雕刻上，就是变化多端、不肯妥协。

我们再来看朱铭学习木刻的纵线发展。

他十五岁的时候拜在雕刻师傅李金川的门下，李金川是二十几年前通宵最有名的木刻师傅，他所传授给朱铭的不只是教条，而是一个传统。他先画好画稿，让学生按照那个画稿临摹，并且用刀来表现。他教授的刀法乃是我们在寺庙中、神案上习见的细腻光滑、八面玲珑、没有瑕疵的雕刻法。朱铭至今还保存着李金川师傅的画稿，我们可以从他遗留下来的画稿中体会到一种细致、精确、动人的精神。

学徒时期的朱铭，一面学习民间雕刻的传统，一面又向往做第二个黄土水，刻自己想刻的东西——这个向往，使他日后没有成为"黄土水第二"，却成为"朱铭第一"。李金川使朱铭有了相当扎实的刀法基础，并且在后来的二十几年中，朱铭都是依靠这套功夫维生的。

刚出师的时候，朱铭的内心没有什么挣扎。他安心地生活在通宵小镇上，很快就闯出了他自己的"正字标记"，成为当地公认的最好的木刻师傅。他那时候拿的薪水是一般师傅的三倍，可见乡人有多么看重他。

决定改变命运的道路

朱铭不满足于现状，干了二十年的雕刻师傅，他终于决定改变命定的方式。他拒绝了高薪的聘请，放弃了二十年打下的基业，携着妻子儿女到了台北，拜在杨英风教授的门下。他面试的作品是《慈母》和《玩沙的女孩》，一件刻的是他母亲，一件刻的是他妻子。杨英风毫不犹豫地就收了他做学生。

朱铭再次从学徒做起，成为杨英风家的一分子，跟着杨英风做泥巴、到国外去做包工，太太则帮杨老师煮饭、打扫。那时候他们时常穷得没有米下锅，时常有人出高薪聘朱铭当师傅，但他们都拒绝了。

第二次的学徒经验从一九六八年开始，朱铭经历了和过去完全不同的艺术历程。杨英风教给他三件法宝：一是加强他对"自然"的信心和认识；二是在技巧上返璞归真，在该停的地方停；三是运用大刀阔斧，做写实的舍弃和简化。

在杨英风的教导下，朱铭用刀把过去的技巧一块块砍落，木质的天然造型也就慢慢显现了。一九七六年，朱铭的第一次个人展览会举办，一鸣惊人，奠定了他在中国现代木刻上的重要地位。

了解了朱铭纵横的经纬，我们就比较能理解他后来一变再变的原因。我认为一个艺术家至少应该具备三个条件：一是创造才华，二是持久的耐力，三是坚持的热情。朱铭同时具备了这三个要件，我们用这三个要件的交织，来看朱铭后来的变化。

朱铭在第一次展览会上，展出了他早期刻的《慈母》《玩沙的女孩》《小妈祖》，以及后来慢慢转变后刻的《至圣先师》《武圣》《领袖》，还有根据童年时代的回忆刻的《牛》《鸡》《牧童》《同心协力》等，这个时期的朱铭是写实的。

那时候，朱铭的出现使国内艺术界震惊，大家在欣喜之余，肯定了朱铭的成就。

正当大家都为朱铭喝彩的时候，他却变了。他开始整理"功夫系列"，把具象化为抽象，将写实变成写意。于是，对朱铭的议论纷纷开始了。许多人说朱铭不应该丢掉"牛"和"鸡"，许多人说朱铭不应该向西方学步，大部分议论都基于情感的因素，他们认为朱铭是泥土里来的，不能离开泥土的题材。

但朱铭还是朱铭，他不理会别人的批评议论，只是用他的刀，一刀一刀地刻出别人对"功夫系列"的肯定。

当大家认为"功夫系列"也是好的，也是中国的，也是泥土的，也是朱铭应走的路；当原来批评他的人也为他鼓掌，原来不能谅解他的人也为他喝彩——朱铭又变了。

朱铭花了很长的时间和心血为林口警官学校雕刻了一座精神雕像。这是朱铭所有作品中体积最大、花费时间最长的一件。这座雕像足有两层楼那么高，刻的是一个警官从火中救出一个小女孩的形象。整件作品融合了写实与写意、具象与抽象，充满了力量和美感。

这件作品仍引起了讨论。有的人认为朱铭是一个雕刻家，怎么会为警官学校雕塑像？也有的人认为，那是所有放在学校门口的塑像中最好的一座。遇到讨论的人，我总是叫他们到林口警官学校去看看，而他们也总会对那宏大的气派赞叹不已。

刻完"警官"，朱铭到美国住了几个月。

他又变了，他不但刻中国人，也刻美国人；不但刻中国的老婆婆，也刻美国的摩登少女。他甚至还在作品上涂荧光漆，他给这一系列的作品取名"人间"。朱铭几乎丢弃了过去所学的那一套，用一种随兴的自由的创作态度，表现了他对社会和现代人的观照。同时，他刻了一组鸡，留下了更多木头的纹理和形状。

"朱"是正字标记，"铭"是不断地刻下去

有很多人在谈论朱铭的新作，有人认为失败，有人叹为观止。但朱铭仍然是朱铭，不管别人的评价，只按照自己内心所想来刻。他还是和初出道时一样谦虚、淳朴，却多了一种稳定的自信。

我觉得，朱铭还会再变。不论如何，肯突破自己的艺术家，总有变得更好的可能。

朱铭还会往前走，往现代走，不管怎样，肯走的艺术家总会逢山开路、遇水搭桥。

朱铭就是朱铭，"朱"是正字标记，"铭"是不断地刻下去！

孤独的艺术 🦎

苏东坡寓居黄州时填过一阕《卜算子》：

> 缺月挂疏桐，漏断人初静。谁见幽人独往
> 来？缥缈孤鸿影。
> 惊起却回头，有恨无人省。拣尽寒枝不肯
> 栖，寂寞沙洲冷。

这阕词曾引起很多争论，尤其"拣尽寒枝不肯栖"更是。我最喜欢《耆旧续闻》里陈鹄说的解释：取兴鸟择木之意。这阕词寄意高奇，将东坡被谪居黄州时的孤独心境全写出来了。

世人在提到"孤独"一词时，往往含带同情和怜惜，如同雾里看花，根本谬解了当事人的心境，东坡词

就是一个很好的解说。

我们看群树成林固然是美，孤树挺立于原中又何尝不美？我们看白鹭群栖固然是美，独鹭浅行溪畔又何尝不美？群山叠嶂是美，一山独立又何尝不美？况后者更能让人体会出俊秀挺拔的意义，杜甫望泰山时曾写《望岳》一诗，其中有两句："会当凌绝顶，一览众山小。"这便是个很好的例证。

戴叔伦的《游清溪兰若》中的诗句"西看叠嶂几千重，秀色孤标此一峰"，更将孤峰的俊奇描述得兴会淋漓。韩愈的"异质忌处群，孤芳难寄林"，朱熹的"隆冬凋百卉，江梅厉孤芳"，也都是描写"孤峤卓立"的好例证。但是真正把"孤独"超升到艺术境界的，要数柳宗元的《江雪》：

千山鸟飞绝，万径人踪灭。

孤舟蓑笠翁，独钓寒江雪。

在白茫凛冽、广阔无边的千山里，不但没有丝毫人烟，连飞鸟都绝了踪影。一苇小舟上栖着一位孤独的老翁，手执微不可辨的鱼竿，静静地垂向江面，钓着寒江

中的白雪。那是如何的一幅画面呢？孤独所呈现的美感
在短短的二十字里表现无遗。

孤独时，景物固能如上所述的那样，显露出孤独的
美，人又何尝不是呢？李白曾经写过一首著名的《月下
独酌》：

> 花间一壶酒，独酌无相亲。
> 举杯邀明月，对影成三人。
> 月既不解饮，影徒随我身。
> 暂伴月将影，行乐须及春。
> 我歌月徘徊，我舞影零乱。
> 醒时同交欢，醉后各分散。
> 永结无情游，相期邈云汉。

李白原本是独自在月下饮酒，却由于高逸的诗思，
能把明月和影子招呼来一起饮酒。作者在孤独时天人合
一、物我相忘的心情尽表现出来了，从无情的明月和影
子到有情的"交欢"，打破了云汉间的高远距离。李白
是一位诗才，可以说用短短的一首诗已说出了孤独艺术
的最高境界。

唐朝还有一位诗人王维，省察王维的诗可以发现，他的诗思绝大多数都是在孤独里咏叹孤独，他的诗境里也显现着孤独的情趣。如他有名的《竹里馆》：

> 独坐幽篁里，弹琴复长啸。
>
> 深林人不知，明月来相照。

以及他的《终南别业》：

> 中岁颇好道，晚家南山陲。
>
> 兴来每独往，胜事空自知。
>
> 行到水穷处，坐看云起时。
>
> 偶然值林叟，谈笑无还期。

这两首诗都是很好的例子，他从孤独出发又复返孤独的诗歌意境，在唐代诗人中独树了一种风格。

不但在美感和诗歌里，孤独有它的价值，在事实生活中，孤独也有它的意义。《孟子·尽心》已经说出这个道理："独孤臣孽子，其操心也危，其虑患也深，故达。"在后来很多史书里的人物都印证了这个事实，像

《后汉书·戴良传》曰："我若仲尼长东鲁，大禹出西羌，独步天下，谁与为偶。"《隋书·萧吉传》曰："吉性孤峭，不与公卿相沉浮。"这些都表明了孤介清正不随俗的人格形态。

孤独之为用大矣！

佛家有云："不二曰一，不异曰如，即真如之理也。"到了"清溪深不测，隐处惟孤云"，便是一种艺术境界，一旦能"非但处而特立于一身，亦出而独行于一世"，便是将孤独的艺术与生活结合为一体，无所不在而见其神了。

民艺飘香 🌸

台北一家五星级饭店举办了一个"蒙原琴韵"的活动，邀请了蒙古族歌手演唱蒙古族歌曲，并且准备了蒙古族的传统食物，在饭店中庭搭建了蒙古包，使人仿佛置身于蒙古的情境。朋友邀请我去喝下午茶，并欣赏蒙古族情歌的演唱和蒙古族传统乐器马头琴演奏。

蒙古族的马头琴是长方形，外表像是一具风箱，声音低雅绵长，如呜呜的风声，那演奏马头琴的蒙古族汉子，扎着马尾的长发，满头大汗，使我想起这琴如果是在草原独奏，一定可以随风飘到远方。

唱蒙古族情歌的两位男子都体型胖硕，他们的歌声音域宽广，时而高亢入云，时而浑沉如水，虽然不能明白其意，心弦却为之颤动。我们都听过唱《八千里路云和月》的蒙古族歌手腾格尔的歌声，似乎蒙古族人天生都有一副好歌喉，尤其是以蒙古族语言唱起来，有如飞鹰盘桓于天际，给我们一个更高广的蓝天的想象。我们在声音里可以真切地感受到草原的自由、豪放和热情。

记得意大利歌唱家帕瓦罗蒂的歌声被形容是"上帝吻过的喉咙"，听了这两位无名蒙古族歌者的声音，我觉得所有能无碍地用歌声表达情感的人都拥有上帝吻过的喉咙。这两位歌者一位中年，一位老年，长相平凡无奇，但是他们的声音里有浓郁的情感，也有岁月的沧桑，比起我们时常听的流行歌，终日说爱而没有情感，终日说悲秋而无沧桑，真是动人得太多了。

传统民俗的力量之所以比流行的创作更能久远，其理由是，那里面的表达都是民族共同血汗的凝聚，不只是个人的情愁。当然这并不表示我否认流行创作的价值，只是说，流行的创作如果能从民俗传统吸取养分，必会加深其动人的力量，并能传诸久远。

我们要认识一个民族，从民间艺术来进入也是比较容易的，从流行艺术则比较困难。以流行音乐来看，现在全世界的流行音乐都受到摇滚乐的影响，同质性甚高，有一些甚至使我们认不清到底是美国、法国、日本，或是台湾地区的，民族的特质在这种同质化的侵蚀下，就日益失去其面目了。

　　民族特性的同质化还不是令人忧心的，更令人忧心的是在大国强势媒体的主宰下，本土的文化招架乏力，因此媒体、资讯弱势的国家，便成为"边缘文化"，成为文化的次殖民地，举例而言，像日本、中国台北都有摇滚乐，可是在欧美人的眼中，东方国家的摇滚乐就如同幼稚园大班，就是唱得再好也不能成为主流。

　　再例如，美国历久不衰的摇滚歌手迈克尔·杰克逊、麦当娜，是挟着强大的媒体、资讯而入侵的。最显著的近例是，利用亚洲卫星抽奖，结果抽中一位台湾女孩前往和迈克尔·杰克逊吃饭、合照，报道中说那女孩和她的母亲都高兴得差点昏倒，而她站在角落与迈克尔·杰克逊合照的照片，出现在所有的报纸上，有的报纸甚至格调丧尽，以这作为头条新闻哩！我们的媒体作为资讯的附庸竟一至于此，也难怪文化上失去自主性了。

　　在媒体资讯强侵的背面，则是资本主义利润的运作，据闻，迈克尔·杰克逊的新唱片发行不到数月，全世界已卖出一千四百万张，这么高的利润，也是致使风行草偃的因素。不要说和迈克尔·杰克逊合照的女孩子要昏倒，我想到流行文化背后那只暴利的黑手，也都想昏倒了。

反思起来，这世界因"地球村"理念的影响，固然不免同质化，但一个民族必须努力保有并发展自己的特质，这是不使民族文化成为大国附庸的唯一方法。

而在这个大部分媒体没有自觉自主力的时代，我们应该养成对资讯的检验精神，才不会成为利润黑手中的一枚棋子，要我们崇拜谁就崇拜谁，要我们流行什么颜色就给我们什么颜色。

你看，伊丽莎白·泰勒结婚、拉皮的报道已经连续在我们的媒体登了快一个月，这像什么话！我宁可喝下午茶听蒙古族人唱草原情歌，也不愿天天看一位老女人拉皮、结婚。

在民艺中，我们闻到了一个民族的香气；在媒体里，我们往往只嗅到世界的铜臭！

掌上

布袋戏的历史起源有一则动人的故事。相传在明朝，有一位泉州秀才梁炳麟赴京去会考。

考完试以后，梁炳麟自觉考得不错，心情愉快地回泉州等待放榜，途经扬州借宿在一间天公庙里，晚上睡觉时就梦到福禄寿三仙在唱词作乐，词意优雅，清晰可闻。第二天，梁炳麟起床自以为得了吉兆，就到大殿去抽签，结果他抽中的签是上上签：

> 三篇文章入朝廷，
> 中得三顶甲文魁。
> 功名威赫归掌上，
> 荣华富贵在眼前。

他当下以为一定可以高中状元，就兴致勃勃回到泉州等待佳音，放榜时竟然名落孙山。梁炳麟心灰意冷，百思不得其解为什么神明要作弄他。

后来他借刻木偶演戏来抒发自己的情感，并自创戏文，演给乡亲娱乐，没想到大受欢迎，在泉州一带造成轰动，常有人不远千里走路来看他演戏。梁炳麟心里找到寄托，从此无意仕途。

有一天，他正在演出一出文状元的戏时，突然想起从前抽签的签诗——"*功名威赫归掌上，荣华富贵在眼前*"，才知道签诗中有深远的含义。

梁炳麟自此更潜心创发布袋戏，成为布袋戏的一代宗师，他的徒子徒孙更进一步发扬他的技艺，使布袋戏成为明朝以来闽南最重要的戏剧形式，梁炳麟也因此名传青史。

这是一个动人的故事，古来多少状元，如今大多烟消云散，他们一世功名瞬间无踪，还不如梁生的"功名归掌上"哩！

从前布袋戏团在戏台柱子上常会写一些有趣的对联，例如：

千里路途三两步，

万里岁月一夕间。

做字中有古，故做今观，观尽花花世界；

戏字半边虚，虚戏真看，看来件件人情。

入吾门公侯将相，

出师官士农工商。

忠孝两全三义节，

文武高升万里侯。

　　有一些对联真是值得深思的。布袋戏祖师梁炳麟，到他成名时才悟出了"功名威赫归掌上"的真义，如果我们把层次再往上提升，就会发现不只是布袋戏，人生的一切事物，到最后不多是在自己的掌上吗？功名威赫固然在掌上，潦倒一生又何尝逃出了掌心呢？

　　在布袋戏台，布袋戏演师才是唯一的主角，他手上的几百个布偶，只是他意念的表白和流露，他的手主掌了几百个布偶的生死、善恶、祸福，散戏的时候，他把幕合上，抽身而出，戏台就归于安静了。但是我们把时空拉大，看杰出的布袋戏演师在人间里生活，蹲在街角喝一碗蚵仔面线，那感觉，何尝不是他手中的一具布偶呢？

我们看布袋戏时，常常被戏激动得五内如沸，那不是我们不清楚只是布与木头的组合，而是我们感受到布偶被灌注的性灵，驱迫着布偶去经验一段生命的道路，那些道路是我们可感受，并为之动容的。

曲终人散，布偶被收进箱子时，我们从戏台前离开总有怅然若失之感，那是由于没有一出戏是有终结的，我们总要等待明天的连续。有时，从戏台棚前走出，我会有一种错觉，如果把我们的性灵抽离，我们也只是人生舞台上的一具木偶。我们之所以能看戏，被剧情感动，并在散戏时能欣赏夜色，乃是我们有一个不灭的灵明。

如果我们把连续、永无终止的戏文当成是一种真实，我们就会知道，在人生里与布袋戏并无二致，我们每天穿过时空，一小时一小时度过，有白天与黑夜的段落，其实也只是感觉问题，小时与小时间并不分隔，日与夜间也不离开，我们只是在流动着罢了。在我们出生之前，时空已经存在；在我们死亡之后，时空也还是存在着。

　　我们把注意力集中在木偶，木偶就充塞了整个戏台，一旦我们注意力离开了，木偶是极端渺小的；当我们把重点摆在自己每天的生活，会以为自己是世界的中心，一旦我们看到广大的时空，我又与渺小的木偶有什么不同呢？

　　木偶是在掌上，我们也是在掌上。

　　不同的是，木偶完全操纵在别人的掌中，我们如果愿意，却可以用双掌来创造新的天地。

　　掌，是多么渺小。但我们把双掌摊开，却看到掌也是十分复杂，我相信这世界没有一个人能完全清楚自己掌上的每一条纹。命相者可以从掌纹推测一个人的命运，而指纹分析者却指出了，世界上没有相同的两枚指纹，也即是说没有两个人命运是完全相同的。

　　掌，又是多么的大。这世界就是由许许多多不同的掌所推动、所创造，同时，世界的堕落与败坏，也是许许多多的掌所转动的。

　　掌，是我们的宿命，同时也预示了不可知的未来，纳须弥于芥子，乾坤只是一粟，生命不也是涵容在一双手掌吗？

　　有一次我遇到一位有修行的老者，请他用最简单的开示来谈自己的修行。他说："只是身口意三个字。""一天也是身口意，每天想想自己说了什么、做了什么、想了什么。一月也是身口意，一年也是身口意，一生也是身口意，照顾自己的身口意，就是最实际的修行。"

许多事说起来简单，但照顾身口意何尝容易，如果我们每天摊开手掌问问自己："我这双掌过去做了什么，现在在做什么，将来又要做什么呢？"

能这样，就仿佛手上有一个戏台，可以演我们自己想演的戏了。

芝麻·蒜头·元宵

住在美国的朋友，谈到有一次在纽约请客，请客完后，一位犹太客人佩服得五体投地，只差没有拜他为师。

朋友不免为自己的手艺志得意满，问犹太人说："你觉得我的哪一道菜做得最好？"

犹太人说："呀！你实在太了不起了，我们犹太人吃蒜头几千年，都是用剥用切的，你用菜刀拍两下，蒜头就跑出来了。"

朋友说，从那一次以后，他对中国文化就大有信心！

不只是蒜头而已，我还听过芝麻饼的故事，说有几个外国人到餐厅叫了芝麻饼，吃的时候大为惊叹："这芝麻排得密密麻麻、整齐有致，一定花了不少时间吧！"

确实，如果我们对事物有主、客之分，就很难有拿大的饼来就小芝麻的创意了。

还有一次，我跑过仁爱路的九如餐厅，发现门口围了一大群人，有一些是外国人，全部沉默到大气不敢喘的样子。

原来，他们是在看餐厅的师傅"摇元宵"，把一团团的豆泥放在装有糯米粉的大箩上摇来摇去，半盏茶的工夫，数十粒元宵就摇成了，每一粒大小都一样，每一粒都是那么圆。

摇元宵看起来真神奇，怪不得大家都目瞪口呆，真的，第一个发明摇元宵的人如果没有什么"关怀的眼神"，也一定是英明天纵的。

文化的表现有时是存在于很细微的地方，从怎么剥一颗蒜头、沾一粒芝麻、摇一个元宵，就能看见文化细腻的一面呢！

不只文化这样，一个人做的任何芝麻绿豆、鸡毛蒜皮的小事也都表现了他的品质，这是佛家说的"威仪"与"细行"应该并重的原因。

芝麻、蒜头、元宵，真的都不小哩！

巴黎也有三重埔

有几位小学的同学从远地来看我，有的十几年未见，还有的更久，有二十几年没见了，谈起童年的欢乐时光，竟从黄昏谈到第二天的清晨。

我们谈到小学时代的流行，大约在二十几年前，尼龙布料刚刚传到乡下的时候，大家都喜欢穿尼龙的透明布料。在男人中最流行的是，穿一件透明的尼龙衬衫，在口袋里装几张崭新的十元钞票衬底，外面再放一包新乐园的香烟。如果是冬天，则在尼龙衬衫外面罩一件"特多龙"或"太子龙"的西装上衣，衬衫领子翻到上面来，然后把头发涂一层厚厚的、可以粘死苍蝇的发蜡。

这样已经够时髦了，如果在西装上袋放一条红手帕，穿着夹着脚拇指与中指的日本木屐，口嚼槟榔，那就更时髦了。

那时候的女人则流行"玻璃丝袜""金牙"与"明星花露水"。玻璃丝袜也是透明的尼龙制品,但太太小姐都很宝爱,即使是种田的妇女也会俭肠聂肚地买来穿,破了舍不得丢弃,还拿去修补,一时之间,小镇竟然有七八家"专修玻璃丝袜"的小摊子,与槟榔摊一样多,蔚为奇观。

流行金牙的时候,稍有"财力"的妇女都去把虎牙拔掉,镶上纯金的牙齿,一开口金光闪闪,以为是人间至美,甚至有特别有钱的女人,整排牙都换成黄金的。即使没有钱镶金牙,或舍不得拔牙的人,牙齿也总有几颗滚了金边。

明星花露水大约是二三十年前乡间唯一的香水品牌,女人都很喜欢,可惜涂的机会不多,只有到农会、电影院,或去参加庙会、看野台戏时有机会,常常到处都是明星花露水味,让人喘不过气来。

二三十年前的流行,想起来令人莞尔。当时还有一件印象至深的流行,就是味素刚流行的时候,在乡下的名字叫"鸡粉"。许多外务人员到乡下推广味素,口号是"清水变鸡汤",使得家家户户都用味素。送礼的时候，最好的礼就是送一包八两装的味素。面摊上加味素加得越重的，大家就认为越好吃。谈到从前乡下的流行，使我们都感到趣味盎然，但不管是尼龙衬衫、玻璃丝袜、金牙、味素都是很不健康的，现在再也没有人喜欢那样的流行了。时间是流行最好的催化剂，使流行加紧脚步来叩我们的门窗；时间也是流行最好的退烧药，因为有新的流行要来了。我们看：流行感冒、流行肝炎、流行登革热，不也是很流行吗？这几年甚至还流行艾滋病咧！

可见，流行不全是好的，有时流行只是反衬出人们的无知与病态，因为流行有些是掌握在少数人的手里，他们说今年流行砖红色，市场上就全是砖红色了。流行还有的是对巴黎、米兰、纽约、东京等潮流一种盲目的崇仰，然而来自大都市的不见得最好。我的一个朋友常挂在嘴边的口头禅是："巴黎也有三重埔，纽约也有艋舺呀！"流行也有时地的区隔，例如台湾从来没有冷到要穿貂皮大衣，拥有貂皮大衣的人只显得更土、更无知罢了。

因此，一个人在流行中有一个重要的观念叫作"觉"，也就是自觉的态度，是适可而止的心情，是不被流行魅惑的自在。特别是一个人到了中年以后，身材与年龄都不适合再跟随流行了，应该有更多的时间想到自己的风格、自己的人生，进而生出一种泰然的态度，是欣赏流行、随喜流行，但不再跟随流行了。

一个人能在人生的价值中自在，能创建自己的风格，那并不表示是远离了流行，而是心中常在流行，自己践履一些对流行的定义，那是何等快慰的事！

当巴黎或纽约的高挑健美的模特儿在"西子捧心"的时候，我们何必"东施效颦"呢？何况，巴黎也有三重埔，纽约也有艋舺呀！

初渡河 🏮

　　几年前牯岭街旧书摊还没有拆除的时候，我曾经花了十元在那里买到一本书，书名《稗海纪游》，是清朝郁永河到台湾旅游的游记。

　　当时读《稗海纪游》正是台湾乡土热潮掀起之时，这本书给我的感动并非它用什么惊人的笔触描述台湾，而是它记录了郁永河以木船横渡海峡、深入蛮荒的精神。如今夜里重读，发现可贵的不仅是精神，还是一条长远的足迹——这足迹可以追踪到我们土地的拓荒脐带。

　　郁永河是浙江人，他居住在福州的时候，因为福州的火药库爆炸，炸毁火药五十余万斤；那时福州又缺乏制造火药必不可缺的硫黄，素喜旅游的郁永河便自告奋勇地率队到台湾采硫黄，在当时荒土遍地的台湾历经九个月的千辛万苦，终于采回五六万斤的硫黄。

郁永河以步行和乘牛车走过的足迹，令人惊叹。他走过的地方包括今天的台南、新市、安定、麻豆、下营、嘉义、民雄、斗南、柴里、社头、彰化、大肚、沙鹿、清水、大甲、苑里、通宵、后龙、新竹、南崁、八里、淡水、关渡，几乎台湾西岸自台南以北都走遍了。那是一六九六年的事，披荆斩棘的艰苦过程可以想见。

我常常想，郁永河怎么会有那么大的勇气，横渡大洋到台湾来呢？那时的木船还是烧煤炭的！后来我才知道，三百年前的台湾海峡并不叫台湾海峡，而叫作"黑水沟"，在最靠近金门的地方叫"红水沟"，这个名词现在想来颇有深长的意义；对于长在唐山的中国人来说，那时的印象中，到台湾，竟不是要横渡"海峡"，只是航行过一条"水沟"。我觉得这大概也是沿海居民前仆后继来台拓荒的最大力量。

如今交通便捷，从台湾的最南走到极北也不过是一天的路途，但是有多少人走过比郁永河更多的台湾呢？我认识许多朋友，他们年年出国，对国外的风土人情如数家珍，足迹几乎踏遍世界，可是提起台湾，竟没有去过东部和南部，对本土的地名也显得陌生，不用提山胞部落和离岛风土了。这样想时，更令我怀念起郁永河，和他沉默而坚毅的步履。

说到先民到台湾，并非只是"木船渡乌水"这么简单的事，其中有对光明远景的期盼，以及坚强的自我信念。郁永河在到台湾的海面上曾赋过一首诗：

> 浩荡孤帆入杳冥，碧空无际漾浮萍。
> 风翻骇浪千山白，水接遥天一线青。
> 回首中原飞野马，扬舲万里指晨星。
> 扶摇乍徙非难事，莫讶庄生语不经。

这时的郁永河充满了浪漫情怀，觉得渡海入台并不是困难之事，只是感受到海天浩渺之美。但等他到了赤坎城下，看到险恶的风浪，也不免大为感叹：

> 铁板沙连到七鲲，鲲身激浪海天昏。
> 任教巨舶难轻犯，天险生成鹿耳门。

我们可以想象郁永河自福州航行之前所下的决心，虽是一条"黑水沟"，在初渡的时候也不是轻易之事。由于有了初渡的决心，他所率领的一群人才能走遍台湾南北，为我们留下许多可贵的历史记录。

郁永河所采集的硫黄，后来到底在福州派了什么作用，我们并不清楚，即使有作用，他对福州的贡献仍是小的；但是他走过前人未曾走过的蛮荒，最后在历史地理上留下的不是他的目的，而是他的过程。

因此，《稗海纪游》和郁永河的故事给我们最大的启示是关乎人生的，在人生的经验里，所有珍贵的过程就是一连串的渡河，最珍贵的往往是渡河的勇气与毅力，因为没有渡河，只能看到此岸的风景，永远不能感知对岸的美景和天光。郁永河，字沧浪，他的名和字都取得很好，它是一条"永远的河流"，流了三百年，我们现在还能遥想到那河流的力量。

"河的对岸"是吸引我们的，可惜有些人一辈子都不敢过河；"乡土的情怀"是时常被挂在嘴边的，但是有些人一辈子没有从南到北、从东到西地在台湾走一趟，那么，再好的河，再优美的乡土都是枉然。

我想起佛经里释迦牟尼的一段"说法"，他说："有人在旅行时遇到一片大水，这边岸上充满危机，水的对岸则安全无险，他想'此水甚大，此岸危机重重，彼岸则无险。无船可渡，无桥可行，我不免采集草木枝叶，自做一筏，当得安登彼岸。’于是那人采集草木枝叶做了一只木筏，靠着木筏，他安然抵达对岸，他就想‘此筏对我大有助益，我不妨将它顶在头上，或负于背上，随我所之。’”

释迦牟尼说完这个故事，下了一个结论：“这人应该将筏拖到沙滩上，或停泊在某处，由它浮着，然后继续行程，不问何之。因为筏是用来济渡的，不是用来背负的。世人呀！你们应该明白好的东西都应舍弃，何况是不好的东西呢？”

渡河真是不难，达摩以一苇就能渡江，郁永河以木船过台湾海峡，我们三百年前的先民无一不是以木船和风浪搏斗，为我们建设最早的家园。问题是渡河前的决心，以及渡河后是否无悔。只有决心加上无悔的初渡，才是永远能出发的心情。

铁卷门沉思 🌼

深夜一点，我沿着台北最繁荣的忠孝东路四段散步回家。大部分的商店都打烊了，只剩下少数几家二十四小时营业的商店还有明亮的灯光。

这时候，一个荒谬的景象在我的眼前呈现出来，已经打烊的商店家家拉下来的都是密不透风的铁卷门，这些铁卷门全是没有生气的灰蓝色，由于年久未曾油漆，大多斑驳生锈，露出里面的铁锈。有两家新近花费千万装潢的商店，也不例外。

这真是一个奇异的景象，在号称已经是国际性都市的台北，商店的经营者可能花费数千万元做装潢，却舍不得花费数千元来油漆自己的铁卷门，而铁卷门这样的东西不知道是谁发明的，竟然已成为台北，甚至台湾景观最泛滥的东西。家家都是铁卷门，家家的铁卷门都是蓝色，绝大部分都生锈，这种生活的齐一与同质，真是令我感到惊奇。

在铁卷门之上有铁窗，大部分也是单调而生锈了。

其实，大家都知道铁窗与铁卷门并不能保障安全，它更精确地说应该是种心灵的自卫，或者是表达了在台湾的人民没有真正的安全感。在罗马、巴黎、伦敦、纽约、东京这些国际性的大都市，治安不见得比我们好，也没见过人装铁窗铁门的。可见我们长久以来是居住在一个多么丑怪的城市而不自知。

装铁窗铁门也就罢了，几乎没有人愿意在上面花一点心思。我常常在想，铁窗虽然是单调乏味的东西，如果有很好的设计，可以使它变成很现代的花坛，或者甚至不觉得它是铁窗。铁卷门也是如此，镂空雕花之后感觉就会完全不同，或者把它当成画布，提供给艺术家创作，或者让小学的学生来作儿童画，那么，在入夜以后和清晨之前，整个城市都会有鲜丽的色彩和无所不在的美术教育了。

工地，也是台北的奇景。大楼鹰架上一放就是几年的看板，捷运① 工程围堵了整条道路的铁板，这都是城

---

① 捷运：台湾的地铁。

市最好的画布，但是从来没有人去正视或处理它。一整个城市到处都变得非常丑怪、单调、机械，没有一点想象力和创造力。

天桥也是的，在我居住的地方就有几条架在马路上空的天桥，它们没有一丝颜色，也未曾有过设计，它就灰蒙蒙地搁在那里，呆滞、没有美感。地下道和天桥是同样的东西，它的灰暗、冷寂，没有色彩，也一如天桥。

其实，在我看来，台北到处都是画布，都是文化美感建立的起点，问题只在于我们根本不想美化这个城市，就像懒于在自家商店的铁卷门花心思一样。

我们的美感教育逐渐在背离生活，成为一种荒诞空洞的东西。我就知道有的企业家花上数百万美元在国外标购艺术品，可是他自己的办公室连一幅画、一个盆栽、一束鲜花都没有。有的富人花上数十万元买一个田黄或鸡血印章面不改色，可是走到百货公司，却没有眼光挑出一个具有美感的茶杯。开百万名车出街的阔佬，很多人家里还挂着外销画和美女月历。

也不知道是从什么时候开始的，台北流行茶艺馆，这些消费奇高的茶艺馆都十分讲究装潢，动辄千百万，尽一切可能把它做得像从前乡下的茅房，茅草盖顶、旧的竹帘、粗俗的桌椅，再挂上几盏昏黄的风灯，认为这样是乡土风味或中国风味，我每次走进这种地方就仿佛闻到了当年茅房的气味。

在台北喝茶是世界最贵的，喝咖啡也是世界最贵的。我去过几家一杯咖啡两三百元的店里，也是以装潢取胜，但墙上挂的是拙劣的古典主义仿作，桌椅则是欧洲著名设计师的仿冒品，拿这样的装潢，来卖一杯咖啡三百元，不知道理何在？

而在忠孝东路上，不管是大百货公司、大饭店，或是小的服饰店、咖啡屋，似乎都流行装潢，每隔一两年都要大肆装潢一番，这样的事可以从两个观点看，一是经营者和设计者的眼光短浅，二是没有人想要经营一家有品位的老店。于是整条街都是浮浅、骚动的，随时都在变化、装潢，缺乏大城大道（像巴黎的香榭里、纽约的曼哈顿、东京的银座）那种宁静庄严的气派。

我们的社会泛政治化、泛经济化，是造成美感失落的原因，创造力衰颓、想象力窒塞、欣赏力空洞、生活力贫血，现在可能还看不出台北的将来，不过，生活在空气浊劣、交通阻塞、人心焦虑的地方，如果连一点回旋的空间都没有，还谈什么将来？现在就很痛苦难过了呀！

不做无益之事，何以遣有涯之生？生命里有许多看来是无意义的，像美感、像游戏、像创造与想象，可是倘若没有这些，我们每天踽踽街头，就更感觉到前景的彷徨与渺茫，好像夜暗时台北闹区的街头，单调、苦闷，没有生气。

我们需要的不是计划，也不是等待，而是实践，就从每天拉开和放下家前铁卷门时开始吧！是不是愿意给点色彩呢？不一定是名画家，家里在读小学的孩子，不就是最好的画家吗？让他试试。

正这样想，我走过一个社区公园，看见四个庞大、丑怪、无趣、被称为"外星宝宝"的垃圾桶，使我忍不住叹息，这是世纪末最难看的产物。如果我们的环境保护和卫生工作都由一群没有美感的人为所欲为，城市文化还有什么明天呢？

莫扎特巧克力

朋友从维也纳回来，送给我一盒莫扎特巧克力，说是听莫扎特音乐时吃起来会特别香甜。

莫扎特巧克力是为了纪念音乐神童两百周年而制作的，在这个值得纪念的日子里，维也纳生产了一切我们可以想象得到的物品，像花瓶、瓷盘、笔记本、巧克力、饼干、运动衫、金币等，唱片、CD、录音带、书籍、表演自不在话下。

像莫扎特如此伟大的音乐家，他使所有的统治者都相形失色，他让我们知道真正对人类心灵具有深远影响的是文化与艺术，它们才是一个民族文明的指标。

第二天我到高雄去。

高雄的朋友带我去文化中心，他说"要走中山路，然后转中正路，再转经国路"，使我立刻怔住了。

在全省不管什么城市、什么乡镇，甚至在偏远的山地部落，我们都有"中山路""中正路"，都有"中山小学""中正中学"，都有"中山公园""中正公园"。

每一个学校、每一条道路、每一个公园，我们都有中山与中正的铜像。

在每一个风景优美的地方，都有蒋中正的别墅。

在这么漫长的岁月里，竟没有人用学校、公园、道路、铜像来纪念一个艺术家，纪念真正对人类心灵有深远影响的人。

我不是说到处是"中山"或"中正"或"经国"有什么不好，而是说，为什么不腾出一点空间给文化呢？

我觉得，这种政治意识、歌颂意识其实是国民党统治的致命伤——它凸显了四十年来统治者不重视文化艺术，也凸显了一个民族创造力如何因政治至上而变得萎缩，更凸显了威权政治的霸道与僵化！

欧洲许多国家把艺术家印在钞票上，为对心灵有贡献的文学家雕塑，日本把文学家照片印成邮票与纸币，西班牙奥运会以米罗、毕加索的画来作民族与国家象征。

这些更使我们感到失落，我们还是走"中山路"，转"中正路"，再转"经国路"，然后去台北"中山纪念馆""中正纪念堂""介寿馆"看艺术表演。

哪一天我们也可以吃"中正巧克力"，可以走"白石路"，到"大千纪念馆"看表演，那时候，这社会的品质就成熟了。

当我们的社会从政治意识转入文化意识，以人文、人本、人道为前导，对创造心灵、艺术心灵有礼敬的态度时，我们才可以说我们是有文化的社会。

不可买卖

从前，有一位乡下的朋友来台北，我带他去游博物馆，他每看见一件宝物，总要问："这一件多少钱？"

四周参观的人听到这句话如同受了电击，都回头看我们。

我不好意思地说："这里的东西不卖。"

他听了，白眼一翻："哪有这样的！如果没有价钱，也不买卖，我们怎么知道它的价值？"

一个一直活在商业社会、从来没受过文化洗礼的人，以"物物有价"的观点来看事物，是情有可原的。可是要怎么让这种人了解，有一些东西是没有价钱，也不能买卖的呢？这使我感到苦恼。

正苦恼的时候，一个成语闪过我的脑海。我对他说："这都是无价之宝呀！根本没有定价，也不能买卖的。"

乡下朋友喃喃有声:"原来是无价之宝呀!怪不得个个都这么好看。"

后来,我带他去逛百货公司。这下他可乐了,因为根本不需要问价钱,只要把东西拿起来就可以看清定价。

"哇!你们台北的东西实在够贵!"他忍不住感慨。

"贵虽然贵,但东西都有定价,我们只选择需要的来买,也没有什么可怕的。那些贵得离谱的东西自然有人会买,我们不必操心。"我说。

"是呀!是呀!咱们下港人讲'憨价钱卖给憨人',就是这个道理。"

乡下朋友在台北住了几天,使我紧张了几天,因为乡下人口无遮拦,嗓门又大。例如看到服饰店的价格牌,他会说:"夭寿哦,这是要卖给鬼穿的吗?鬼也穿不起这么贵的!"例如看到饭店的账单,他会说:"凸肚短命哦!贵啧啧,不惊人吃得肚子痛。"例如坐出租车,每跳一次表,他就紧张地问:"这表怎么跳这么快,是不是做了手脚?"

我好不容易才把乡下朋友送走,这几年每次遇到价钱的问题就会想起他来。确实,我们这个社会之所以品质不良,是因为不知道世上有许多事物是"无价之宝",

是无法买卖的。

博物馆的国宝虽不能买卖，但真正财大气粗的收藏家，如果有钱，还是可以通过许多渠道买到顶级的古董和艺术品。严格地说，博物馆的东西不能买卖，但还是有价的。

真正的无价之宝，是不能用价钱评估的。

例如爱情，我们可以买到伊丽莎白女王的钻石来送给思慕的人，但买不到一千克的爱情。

例如友谊，我们可以把江山划一半送给朋友，甚至养士三千，但买不到一两真诚的友情。

例如公理，我们可以花钱买到宋朝的秤、明代的秤锤，但买不到一钱的公理。

例如良知、伦理、道德、人格、思想、智慧、悲悯、觉悟……都是一丝一毫也不能买到的。甚至，我们即使倾家荡产，也不能买到时间、健康、平安、长寿！

古代的人说五福临门——福、寿、康宁、好德、善终，至少这五福就没有一样是金钱可以买到的。

这真是人生中最吊诡的困局，凡是最有价值的东西，都不是可以买卖的；乃至一些看来无甚价值之物，也不可买卖。我听说有一个人以黄金做马桶，桶子上镶满美钞，而他却每天便秘，欲买畅通而不可得。

一旦东西有了价钱，可以买卖，它的价值也就立刻失去光彩，变得不过尔尔。

最近被热衷讨论着的贿选问题，也可以从这个角度来思考：

我们买卖选票，就是买卖自己的幸福。

我们买卖选票，就是买卖子孙的环境。

我们买卖选票，就是买卖台湾的前途。

我们买卖选票，就是买卖社会的未来。

…………

如果，我们使选票不可买卖，不要买卖，虽然只是小小的一张，但它立刻就会成为无价之宝！

大地之声

日本"神鼓童"来台表演已经过了很多天，但是他们充满热力和汗水的鼓声，却如同春天早临的巨雷，还在台北澎澎咚咚地响动，余声不绝于耳。近几年，台北的艺术表演不断，然而像"神鼓童"这样引起强大震撼的表演仍不多见。

除了鼓声，有一幅图绘到现在还影像清晰地留在脑中，那是"神鼓童"表演的最后一个节目《大太鼓》。那座鼓重达七百磅，几乎有一丈高，上面绘了一个黑色的太极图，穿着丁字裤的击鼓者尽全力打鼓，在灯光的聚射下，他全身的每一块肌肉都随着鼓声在跳动，不到几分钟已经全身汗湿，汗水一点一滴流洒在舞台上，力与美凝结于一点。难怪有人说那大太鼓雄浑的音色是婴儿在母亲腹中所听闻的母体心脏的声音，每一个声音都足以令人心跳加速，应和鼓声而深深沉醉了。

有关"神鼓童"的表演，评论已经很多，就像林怀民说的："我再度看到日本'征服'了中国，不是感动而是着急，你可以感受到那鼓声后面的精神，是纪律、意志和生命力，而且可以如此亢奋和安静。"大致可以代表一般艺术界人士的看法。我想谈的不是"神鼓童"震撼人的演出，而是它在背后所象征的意义，以及"生命力"的问题。

记得"神鼓童"初到台北的记者会里，一个团员这样说："与其生活在水泥大厦的丛林中，忍受着一切的约束与痛苦，还不如在自然中悠游过日子好些。"对于平均年龄才二十几岁的"神鼓童"团员，说出这样的话语，确实令人惊叹。

"神鼓童"的成立震撼了世界，就像一个传奇。

大约在十年以前，日本有一群对都市文明感到绝望的青年，一起跑到海上的佐渡岛，过着与世隔绝的生活。他们每天在山野上长跑，锻炼自己的毅力和耐力，并且面对着大海击打太鼓，希望借着长跑与打鼓，使自己被都市文明污染的灵魂与肉体，重新回到大自然的节奏。

　　"太鼓"原来是日本海上岛屿互传讯息的工具，早在人类有文字以前就被使用，类似古代所普遍使用的"烽烟"。"神鼓童"利用太鼓回到了人类讯息的最初，但"太鼓"这时已经不是传消息的工具，是一种生命力的表达。他们在佐渡岛的单纯生活，使心灵保持着对风雨、海潮、闪电……大地之声的敏感，经由鼓声表现出来。与其说太鼓是一种音乐，倒不如说是人对大地的一种感应。

　　他们以太鼓表达了青年对现代过度文明的反抗，他们的鼓声是一种反抗之声——反抗非自然的文明；也是一种回归之声——回到大地母体的怀抱。他们赤裸强健的肌肉也可以看成是一种天体，一种自然的投入。

　　"神鼓童"从佐渡岛回到人间以后，于一九七五年参加了波士顿的马拉松大赛，所有人都跑完四十二公里全程，并且一口气登上架设在终点的高楼，击响了他们的"太鼓"。他们的"大地之声"，使得听到的人为他们所表现的力量而惊叹不已，这一声，使"神鼓童"成为一个世界性的团体，在欧美接连表演两百场，使无数的人为他们的汗水与鼓声，感动得落泪。

　　"佐渡岛"在日本，原是以产金与放逐犯人为主的岛屿，既黑暗又神秘，当"神鼓童"成为世界青年共同呐喊的心声以后，这座岛成了一个光明、追求力与美的象征之岛。

说穿了，"神鼓童"的音乐没什么大不了之处，它很像中国灵山寺庙的"暮鼓晨钟"，只要经过演练，一般人也能达到那样的力量。它的价值是在鼓声的背后，在于对我们身处的四周环境一个深沉的反省。他们仿佛是在文明的大流中立起一座坚强的石碑，告诉我们——文明是这样冲刷，但是我们不要做文明河中的游魂，我们要逆流而上，追索人类最初的声音，喊出清澈的大地之声，没有空气、水、食物、心灵污染的声音。

对于都市文明所带来的祸害，我们早就了然于胸了，可是时代的进程如此，我们也无能为力，我们不只要对抗这文明带来的不良症候，也要创造一个新的文明。"神鼓童"似乎在这一个基础上找到了一条出路。

过度的都市文明确实使青年产生了无以排遣的彷徨，一九七〇年代在欧美产生了"嬉皮"，一九八〇年代的"朋克"正方兴未艾，他们不满现状，因而逃避现状，而许多可怕的不明所以的"教派"也在这短短几十年间兴起，甚至造成无数青年为之牺牲的血案。

　　说起来，这些都是对大地的迷失，青年不但目中找不到大地，甚至心灵上也没有归属的大地，这些就足以令我们好好反省现在还让大人们自豪的文明了。

　　马奔腾着、鸟在飞翔、心脏在有力地跳动、海潮用力拍打岩岸、闪电雷声交响，然后我们回到了一个草原，牧马、放牛、耕种、渔猎，没有不止息的车声，没有空气中令人窒息的浓烟——这才是神鼓童所带给我们的。鼓声，还在其次。

墨与金

带孩子去看一个绘画联展，看到一幅只画了几笔的水墨画，孩子不解地问我：

"这画只画了几笔怎么标价十万，旁边那一幅画得又大、又满、彩色又多，为什么只标价五万呢？"

一时使我怔在当地，我说："那是因为画这幅画的人比较有名，当然画就比较贵了。"

"有名的人也不能这样画两三笔就交差了事呀！"孩子天真地说。

我不知道要怎么样才能对孩子说，什么是"工笔画"、什么是"写意画"，或者如果要谈画价订定的标准，也是说不清的。只好说："画的价钱是由画家自己制定的，他认为自己的画值十万，就是十万了。就像我们买一包面纸，有的卖五元、有的卖十元。"

孩子点头称是。

走出展览会场的时候，我想起从前读中国美术史，读到两个不同的派别，一个是以李思训为代表的"金碧山水"，一个是以与李思训同时代的王维为代表的"破墨山水"。

"金碧山水"崇尚华丽辉煌，笔格艳雅、金碧辉映，有富贵气象，作品极尽工整细润缜密富丽之能事，常常全幅着色，密不透风，有时还要用金粉银粉做颜料，到处布满泥金，所以后代的人把这一派的画风称为"挥金如土"，也叫作"北宗山水"。

"破墨山水"则充满了抒情的田园情调，也糅合了恬淡的诗意，被称为"南宗山水"。这一派的山水到五代的李成更为突出，他被誉为"扫千里于咫尺，写万趣于指下"，"峰峦林屋皆以淡墨为之，而水天空处全用粉填"，他的笔墨清淡，成名甚早，有许多王公贵族向他求画，他说："吾，儒者！粗知去就，性爱山水，弄笔自适耳，岂能奔走豪士之门与工技同处哉！"他这种爱惜笔墨的态度，被称为"惜墨如金"。

经过千年，我们回来看"墨"和"金"的关联，使我们知道，"挥金如土"和"惜墨如金"并没有高下之别，只要一幅画作得好，金碧也好，破墨也好，都有很高的价值。

我想到有一次，应朋友楚戈的安排，到台北"故宫"仓库去看历代馆藏的佛经，这些佛经有的用墨书写，有的研黄金为泥书写，一般人听到是黄金为泥书写，甚至有用金丝刺绣的，都会觉得价值极高，但楚戈另有卓见，他说："只要是名家笔墨，写得好，比黄金还贵重呀！"

确是如此，若以生命的绘图来看，一个人用生活的笔蘸墨汁来写生命的篇章，或是用黄金做泥来图绘生命的图像，用的材料固然不同，但只要写得好，就有高超的价值。在这个世界上，大部分人没有机会画出"金碧山水"，但是如果破墨泼得好，一样能绘出一幅好画。

不管人可以拥有多少东西，回归到基本的生活都是相近的，只是吃好、穿暖、居安、行健的琐事。记得今年被美国经济杂志评选为全世界首富的日本森建设公司董事长森泰吉郎吗？他拥有东京黄金地段的八十二幢大楼，资产现值日币二兆一千亿元，写成阿拉伯数字共有十三位数，是我们难以想象的财富。

但是，这世界第一大富翁，每星期上班三天，每天自带便当在办公室进食，认为"对不必要的东西花钱就是奢侈"。他已经八十七岁还卖力工作，不知老之将至。

记者访问他：目前最想要的东西是什么？

他诚实地说：是"时间"。

日本的经营之神松下幸之助，有一次应邀到东京大学演讲，开场白是："大家都想追求财富，但是现在我愿意用我所有的财富，和各位其中任何一位，来换取青春。"

对于有上兆金银的人，财富只是墨一样的东西，时间才是真正的黄金。

因此，"墨"与"金"是相对的，就好像生命历程所遭遇的祸福也是相对的，欢乐与苦痛是相对的，烦恼与智慧是相对的，贫与富也是相对的。善处相对之理的人，即使淡墨也能贵如黄金；不能善知相对之理的人，则黄金也如粪土。

贫富的相对，在佛经上说："知足者贫而富，不知足者富而贫。"

苦乐的相对，《贞观政要》里说："乐不可极，极乐成哀；欲不可纵，纵欲成灾。"

祸福的相对，老子说："祸兮福之所倚，福兮祸之所伏。"淮南子说:"福之为祸,祸之为福,化不可极。"

时运的相对,《警世通言》说:"运去黄金失色,时来铁也生光。"

青春与黄金的相对,苏东坡的诗里说:"黄金可成河可塞,只有霜鬓无由玄。"

烦恼与智慧的相对,佛经里说:"烦恼即菩提。"甚且以莲花做譬喻说:"高原陆地不生莲华,卑湿淤泥乃生此华……当知一切烦恼为如来种,譬如不下巨海,不能得无价宝珠;如是不入烦恼大海,则不能得一切智宝。"

在人生的这一幅画图里,善绘的人,笔笔都是黄金;不会画的人,即使以金泥为墨,也不能作出好画。

或者是巧合吧!"挥金如土"的"金碧山水"叫"北宗",与神秀禅师渐悟修行的风格一样,也叫"北宗";"惜墨如金"的"破墨山水"叫"南宗",与六祖慧能的顿悟主张一样,也叫"南宗"。不管南宗北宗,能契机随缘,都能使人在生命中有所开悟;不能契机随缘,再好的宗法也免不了错身而过,失之交臂。

在我的书桌上,写了四句座右铭:

痛苦是解脱的开始，

悲哀是慈悲的开端，

烦恼是智慧的源泉，

无聊是伟大的起步。

在痛苦、悲哀、烦恼、无聊的困局之中，我们突然有所转化、超越与领悟，就在那一刻，人生变得破墨淋漓；就在那一刻，笔落惊风雨，一笔定江山，整个人生就金碧而辉煌了；也就在那一刻，繁华落尽见真淳，春城无处不飞花了。

那"一朵忽先发，百花皆后香"的一刻呀！使我想起杜甫的《春夜喜雨》诗：

好雨知时节，当春乃发生。

随风潜入夜，润物细无声。

开窗望兰亭 🏮

　　在日本书法界，王羲之的《兰亭集序》一直都是他们书法艺术的圣经，凡是小孩子习书法，没有不学《兰亭集序》的，大书法家也常以《兰亭集序》作为临帖的范本，大概从来没有一本法帖像《兰亭集序》在日本造成那么大的影响。

　　日本观光客来台，稍有文化水平的，也常购买《兰亭集序》回去赠送亲友，当然也有专门收藏《兰亭集序》各种版本的专家。

　　《兰亭集序》在日本造成这么深远的影响，没有到过日本的人是难以想象的，虽然《兰亭集序》在中国书法界的地位一向非常重要，但比起日本人热烈的喜爱就逊色不少了。我问过一个日本人，为什么他们那么热爱《兰亭集序》，超过王羲之的其他作品，甚至超过所有的中国法帖，他的答复令我感到意外，他说："《兰亭集序》能得到喜爱，因为它不仅书法好，内容也文雅精致，读了余味无穷，可作为文学的范本。"

在国内，有不少人习王羲之的字，一般认为其在书法艺术上的重要性不如他的其他作品，即使有人歌赞他的《兰亭集序》，总是偏重在他字面上的美，以及醉酒后一挥而就的传说，很少人注意到《兰亭集序》内容的精深及文学上的价值，这个独特的部分居然被日本人注意到了。

我幼年即习书法，也颇偏爱王羲之的字，因为他不似柳宗元的僵硬，也不似颜真卿的工整，而是自然之间有一种婉转的趣味，力道与秀美兼而有之。我是在小学六年级时初临《兰亭集序》，后来临摹无数次，但是当时是临写，开始时是一笔随着一笔，后来能脱出来看一字的结构，最后没有字帖，也仿佛可以默书了。

惭愧的是，我向来没有跳出字帖本身来欣赏《兰亭集序》的文学意境，听了日本人的话才猛然一惊，再三捧读这篇千古流芳的《兰亭集序》。这篇序非常之短，长仅三百二十一字，却抒发了一代书圣的宇宙怀抱，充满了对自然的大视野，与对生命兴替的大感怀；文字凝练到了极处，朗诵之余，不禁五内沸腾，深觉是不可多得的文学经典——它的成就绝对不应该仅限于书法。

对于自然巨大的视野，王羲之写道：

> 此地有崇山峻岭，茂林修竹，又有清流激湍，映带左右……虽无丝竹管弦之盛，一觞一咏，亦足以畅叙幽情。是日也，天朗气清，惠风和畅。仰观宇宙之大，俯察品类之盛，所以游目骋怀，足以极视听之娱，信可乐也。

"兰亭"这个地方，本来是诗人文士荟萃之地，风景秀美为会稽之最；王羲之短短数语，好像让我们走过时空进入兰亭，看到崇高无比的山，清凉明澈的河水，能够仰头看无穷的宇宙，俯视观察大地事物的复杂多变；这些对诗人来说已经是足够了，连丝竹管弦都成了多余的东西。诗人开朗明净的心胸是何等宽广呀！

王羲之俯仰日月山川之余，接着为我们开展了他对人生的沉思与感慨，他说：

> 夫人之相与，俯仰一世。或取诸怀抱，悟

言一室之内；或因寄所托，放浪形骸之外。虽趣舍万殊，静躁不同，当其欣于所遇，暂得于己，快然自足，不知老之将至。及其所之既倦，情随事迁，感慨系之矣。向之所欣，俯仰之间，已为陈迹，犹不能不以之兴怀。况修短随化，终期于尽。

这实在是对人生苦短、时空无垠的大感慨。想到人生在世，不管是在一室之内与朋友大抒怀抱，或者是寄情于山水放纵自己，容或有积极消极安静浮躁的不同，甚至满足快乐得忘了老年将至，无论如何，情感随环境变化，所有的快乐都会成为回忆的痕迹。最后，人都会随天地变化，在有限的年寿里消失了。

想到这里，有史以来中国最大的书法家，也不禁悲痛得不能自已，并且想到一种文化承传的情感，说："每揽昔人兴感之由，若合一契，未尝不临文嗟悼，不能喻之于怀！"（我每次读到古人感慨的原因，真觉得触痛自己的心灵，没有一次不是对着文章感慨悲伤，自己也说不出是什么缘故！）他并且预想到后世的人读《兰亭集序》会兴起的感慨，下了这样的断语："后之视今，亦犹今之视昔，悲夫……后之揽者，亦将有感于斯文！"（后世的人看我们现在，也像是我现在想着从前，想起来真是令人哀伤……后世的人读我的这篇文章，一定也会有所感动吧！）

　　详细解析了《兰亭集序》的内容，我真是有和王羲之对宇宙时空相同的感觉，惭愧的是，我过去看《兰亭集序》往往不是"有感于斯文"，而是"有感于斯字"，不能从他文字的美跳脱出来，真正进入这篇精彩序文的内在精神。最近重新临摹《兰亭集序》，发现文章起头时，字字工整，无一字更易，到最后一段却显得杂乱，一再涂改，才知道大书法家临帖疾书之际确实是悲不能抑，而全篇写得最糟的正是最后一个"文"字。

　　想起王羲之的少年时代，家世何其显赫，刘禹锡为人熟知的两句诗——"旧时王谢堂前燕，飞入寻常百姓家"，可以看出王羲之的家世是当时很有实力的；想起他的青年时代，何其潇洒，太尉到王家求婿，个个都矫揉作态，只有王羲之却在东床坦腹；想起他的盛年时代，做过秘书郎、江州吏、征西将军、宁远将军、右军将军等职，对国家安危、天下大势何等关切！

　　后来却郁郁不得志，转变成虚无的人生态度，他写

《兰亭集序》时年仅三十二岁，想起来不免令人忧伤；最后退隐山林，怅然而终，享年才五十二岁。后代的人说他这篇书法是"飘若浮云，矫若惊龙"，我却觉得他深沉的文章意旨是"重若山岳，深如巨海"，无论从书法、文章来看，都是不朽的巨作。

日本人深爱王羲之《兰亭集序》的，不仅练他的字，还思考他的文章，为我们打开了一扇向来忽略的明窗。我们开窗的时候，看到诗人雅士云集的兰亭，看到会稽山腰的河山风貌，也仿佛看到王羲之醉酒挥毫时寂寞的背影，正通过时间空间的巨流，滚滚向我们流来。

第二辑　平常心生情味

百年与十分钟 🌼

在日本东京的银座街头，有好几家卖古董照相机的店，那些古董相机的性能都还非常好，外表经过整修也和新的一样。

卖古董相机的店员都会对人保证，那相机可以拍出和现代相机效果相当的作品。

"但是，"有一位店员这样说，"要注意，这些保存了一百多年的相机，它的曝光时间就要十分钟，现代人没有一个人可以静止十分钟让人拍照，只有拿来拍风景和静物了。"

店员说了一个故事：从前有一个人买了一架古董相机，试图用那部相机帮人拍照。他要拍人之前，就告诉那被拍的人说："这是一百年前的照相机，曝光就要十分钟，你可以十分钟坐着不动吗？"每一个被拍的人都拍胸脯对他保证："没问题，一百年前的人不都是这样拍照的吗？"可叹的是，他拍遍了所有的亲戚朋友，居然没有一个人能坐着十分钟不动。

最后，拍照的人气了，心想："难道这世界上已经没有一个人能坐着十分钟不动吗？为什么古代看成是最自然的事，现在没有人能做到呢？"他找到一个朋友帮他按快门，他自己接受拍照，结果连他自己也不能面对镜头静坐十分钟。

他只好把相机还给卖古董相机的店。

店员指着橱窗说："他退回的照相机就是那一部，要买回去试试吗？"他对每个人都这样说，可是那部相机再没有卖出过，因为每一个现代人都深知，在生活的周围几乎找不到一个可以十分钟坐着不动的人。

这个故事给我们深刻的启示。古代人和现代人对时间的观念是大不相同的，古人一天可能很专注地做一件事情，现代人一天却要做几十件事；古人坐个十分钟是绝对没问题的，现代人却很少有耐心能坐十分钟。拍过照的人都知道，叫一个现代人八分之一秒不动，都不是件容易的事。

十分钟的价值与意义，经过一百年已经完全不同了。

这也使我们知道为什么在现代修习禅定不容易成功，是因为在体质里，已经失去了深沉、长恒、有耐心的特性。

对于某些盲目地忙着，忙到没有时间痛哭一场的现代人，恐怕很难想象，古人拍一张照片要曝光十分钟。现在，到大规模的快速冲洗店，十卷底片全部洗好，也只要十分钟的时间呢！

莺歌山之冬 🦜

　　每年一到冬天，有一位生长在北方的朋友就常常抱怨台北不下雪，一点不像冬天，然后就会谈起他在北方的故乡。那里一片莹白的雪，让人在冬天还有清明朗净的心情。不下雪，有许多事做起来就少了滋味，像喝白干、吃烤羊肉，围在一起吃涮锅。

　　有一回我忍不住说："雪恐怕不是你最怀念的，你怀念的只是一种心情吧！"因为即使在台湾也有许多地方下雪，我的朋友到雪地里还是不能平静。一旦到了海外遍地的冰雪，恐怕更要怀念这个南方小岛的绿色冬天。

　　冷暖最深刻的感受，原来不是在肌肤上的，而是心情的。在落寞之际，处在春天的花园里，心里仍然会冷；兴起之时，即使走在寒天的雪夜，还能有暖意。我常有这样的经验，寻常的人一定也有，我就看过遭受重大挫折的人，在炎热的夏天还浑身打着哆嗦。

不管是春夏秋冬，我总是喜欢到郊外去，因为在室内，就不能感受真实的季节感应，我觉得最可悲的莫过于夏天总是躲在冷气房里，而冬风来袭时则抱守着暖炉的人。那样的人不知道春花何时盛放，也不能体会冷冬独步街头冷冽的清醒。

去年冬天，我经常到台北近郊莺歌山上的亲戚家里度假，那时我觉得，就是没有雪，人坐在屋里听着呼啸的山上风雨，也能寒到彻骨，简单地坐在书桌前读一本好书，同样的风雨，也是没有寒意的。

莺歌，是一个再平凡不过的小镇，因为它是个陶瓷工业城，还隐伏着空气污染、噪声弥漫、道路崎岖等种种问题，大致地说，它不能说是一个美丽的城。可是就在我从台北往莺歌驰车的路上，心情就美丽了，尤其是在冬天。

台北往莺歌有两条路，一条是走板桥、树林①、山佳，一条是走板桥、土城、三峡②。前者是沿着铁道的一条山路，曲曲折折，让人有一种深不可测的感觉，尤其

---

① 树林：台湾新北市树林区。
② 三峡：台湾新北市三峡区。

是车到山佳，要通过许多山弯，每一道山弯都是一方豁然开朗的大地。后者是在两片平原中间的宽广马路，左右都是稻田，偶有灰色的农舍夹杂其中，即使最冷的风雨也是绿色的。

我说冬天最好，是因为一到冬天，污染的空气就仿佛在绵绵的冷雨中洗清了。

亲戚住的地方是在山上一座独立的大屋，旁侧就是一家工厂，即使在冬天，工厂也二十四小时发出隆隆的机械声，机械的规律性，时间一久，也能不闻其声了。如果有风雨隔着，机械的声音就暗淡下来，那时坐在桌前听风看雨，机械的声音仿佛是有着生命，不肯向风雨妥协，然后在第二天的清晨，我看见一车车的地砖从工厂中运出，它们是沉默的，但是全省有多少大楼就是在那沉默中被建造起来呢？

最好的是火车的声音吧。居处不远，每隔几分钟就有一列火车的声音响过。从远处看，火车真是美，每一格车窗都有一格乡心在旷野中奔驰，每一扇亮灯的车窗都是活的，它带着我们夜的怀乡的心情，开向南方；南方此刻可能是温暖、阳光普照的，我总觉得望着远远的列车，在雨中远比在阳光下让人惊心。

有时候亲戚的小孩放假，我们就在书房里说故事，围着煤油的炉子，我聆听着孩子们说出他们心里的梦想，他们在冬季仍充满生命的热力，不畏寒冷。有一天，他们在院子里放冲天炮，一道闪光射过满天的雨，最小的孩子欢呼地说："我要把冲天炮射到星星的位置。"那时天上并没有星，可是在孩子心里却有星的光芒。我想，孩子不畏冬，因为他们总知道春天的百花不远；大人怕冬，是知道下一个春天不是今年的春天。

冬天在孩子的眼中是为春天而吹奏的音乐，是在风雨中还能看见的朝霞。在孩子看来，冬天和春天的距离像同一花枝上的两朵花；对我们来说，冬与春的距离，像星与星的距离一样大。我几乎能体会孩子的想法，但也使我惆怅，冬天是烦人的，然而只要我们能捉住小小的乐趣，冬天烤番薯的香味也可以和春天的玫瑰花香一样令人回味。

人只要多少有孩子的心情和孩子的梦，冬天下不下雪无关紧要，因为雪总要过去。纪伯伦说："橡树和松柏既不是同类，也不必在彼此的荫中生长。"在莺歌山上过冬，我觉得冬天如果是松柏，春天就是橡树，原是没有好坏，差别的只是心情。我写信给朋友："不必怀念北国的雪了，没有雪也能有雪的心情。"

猫冢

朋友送他一对猫，一黑一白。

养猫的时候他才知道，那看起来孤独神秘的动物，原来也是有情的。他看着那猫时，总想起一幅结婚时的黑白照片：白色母猫是身穿白纱的新娘，黑色公猫是着黑西装的新郎，还打着白色的领结。

一年后白猫怀孕了，他陷入一种莫名的欣喜，期待小猫儿的诞生。

没想到接下来的是，白猫因难产而死亡了。他看到白猫死去的那天，黑色公猫站在一旁，冷漠地看着，没有落一滴泪。他歇斯底里地将黑猫狠狠揍了一顿。

他心疼着白猫，未像地方习俗那样将尸体丢入河里，而是到河溪岸边捡拾许多美丽的卵石，在后院的草坪上建了一座猫冢。那美丽的猫冢常使他想起一些忧伤的往事。

　　猫冢建成以后，黑色公猫终日在冢边徘徊，虽然它的表情仍像往常一样冷漠，却在冷漠的蓝眼中射出针一样刺人的伤感。

　　他的公猫不食不喝。一日清晨，他看见一具黑色的尸体，瘦弱的，躺在浑圆的卵石边。他搬开卵石将黑猫下葬的时候，眼泪啪嗒啪嗒落在因阳光猛烈暴晒而发烫的卵石上，蒸腾出迷蒙而凄伤的烟雾。

等待的月台

　　桃园火车站的候车室，时常坐着一位打扮齐整的中年妇人，手里抱着一个老式皮箱，游目张望，似乎在期待什么。

　　他首先注意到的不是那妇人，而是皮箱。那皮箱的外表已经完全剥落了，露出皮革粗糙的粒子，皮箱四周镶着红铜的边。他一眼就看出，那曾经是非常精致而且牢固的皮箱，但它的那个时代仿佛已经消逝了。

　　第一次见到妇人，是他高中的时候，每天夜里从桃园乘车到台北去补习，深夜十一点回到桃园。妇人总是准时坐在候车室的木椅上，等待的姿势，不安的眼神，端整的打扮，好像等待着某一位约好的人。

　　起先，他没有特别留意她，可是时间一久，尤其是没有旅客的时候，妇人就格外显得孤寂。有一天，他终于下定决心，在候车室等待那妇人离去。一直到深夜落雨，一直到凌晨一点，妇人才站起来，走到候车室的黑板前，用粉笔写着："水，等你没等到，我先走了。英留。"那时他才知道，原来候车室长久以来的这则留言，是出自那个妇人。

英是她的名字，水呢？应该是一个男人了，是一个什么样的男人呢？像水一样流走的吗？

后来车站的老人告诉他，妇人已经在候车室坐了二十几年了，有人说她疯了，可是她从不说话，也不知真的疯了没有。有人说，曾看见她打开皮箱，箱子里装的是少女时代的衣服。大部分的人都说，在二十几年前的一个夜晚，英和她的水约好在车站会面，要私奔到某个不知名的地方，可是叫水的那个男人却缺席了。

但是，英与水的故事的真相却无人知晓，经过那样长的岁月，真实动人的质素也随一列列开过的火车逝去，成为人们窃窃的私语。到后来，甚至也没有人议论了。

他和叫英的妇人见过不少次面，才互相打着招呼。他感觉，英的微笑甚至是极老式的，二十年前的那种，还带着少女的矜持。他和英也只是如此，互相间并未说过一句话。他有时候并不立即回家，直到英在黑板上写："水，等你没等到，我先走了。英留。"才踩着轻轻的步子回家。在路上他就想，那水的男子是多么幸福，竟可以获得如此深切的爱，而他又是多么可恨呀！

英与水的故事，介入他年轻的世界，使他有时竟因痛心的苦楚而失眠了。

有一天，他回家的时候，不再看到英的影子，问了车站的许多人都不知道为什么，这风雨无阻的妇人那一天没有来。

第二天清晨，英残缺的身体被发现在铁道上，皮箱滚到很远的地方。

旅客留言板上有她的字迹，只改了几字："水，等你三十年，我先走了。英留。"

他靠在留言板的墙壁上，用力捶打自己的心口，因绝痛的心酸而落下泪来。很长很长的时间，他回家的时候总先坐在英坐过的位置上，感觉英的脉搏还在那里跳动。每次他走过车站，心口就像被刀子割过。

十几年后他父亲过世的时候，他才知道父亲的小名叫作"水"。

享受白云

我带一个朋友跑了几百里路。我说："我带你去看一件美丽的东西。"

我们到了种满马鞍藤的海岸，说："到了，我带你来看南台湾的云。"

他甚至无法在海岸上坐十分钟，说："云，有什么好看呢？"然后就催促我离开了。

我们跑到小镇上唯一的咖啡厅过了一个无聊的午后。喝着质劣的咖啡时，我心中想着的都是海岸上奔跑的白云。我想，下次要看云，最好独自到海边。

这是我年轻时代的一段往事了，越近中年越让我知道，在这苦乐人间，我们很容易找到一起享用金钱的朋友，但想找到能一起喝咖啡的朋友已经难了，想找到能坐一个下午共同享受白云的朋友，就更难了。

海岸破晓

走路到海边去看太阳升起的那一刻。

这时是秋天，夜的寒气竟能穿过衣裳，满林子的雾流来流去，地上草尖的露水，当我踩过，仿佛都飞溅起来，湿了裤管。

鸟还没有开始醒来，所以南台湾最哗闹的热带林子此时异常的沉静。林间的黑幕与沉静相映，我小心拿着电筒，探寻到海边的出路。

终于到海边了，但海的景象令我吃惊，从天空到海面，一片墨黑，像是墨汁喷洒在整个海边。我从前没看过这么黑的云，尤其是靠海岸的云，墨块一样，紧紧地凝结。

黎明似乎是从遥远的地方走来，黑云开始飞跑，天边的明亮从层层的黑色中穿透，这是海岸的第一丝光

明，撕破了整个天幕。我才知道，为什么清晨被称为
"破晓"。

不只是天破了，雾散了，鸟也醒了，蝴蝶、蜻蜓、
不知名的虫子都从林间飞起。

人何尝不是如此，被无名的黑云所笼罩的时候，会
以为光明已在人间失落；但如果能撕开那层黑幕，就会
知道，阳光从未离开。

宿命之情 🈳

　　偶尔读小说、看电视电影，总发现一切的故事无非是在探索人生的爱恨情仇，大部分的作者一辈子都在人生的情欲中打转，好像永远也不想走出来一样。

　　特别是一种类型的情感最令人感兴趣，就是富豪家族中的明争暗斗、恩怨情欲。在我们凡夫的眼中，富有应该能解决人生的许多问题，而富有者照理应该比一般人有幸福的可能。但是我们在小说、电视、电影里看到的却并非如此，它通常反映出几种情况，一是富人的婚姻爱情充满了罪恶的泥沼，二是富人的生活往往苦多于乐，三是财富不但无法满足人的贪婪，反而会点起更深广的贪欲的火花，使人充满了嗔恨与愚痴。

　　自然，这只是人生的一种标本，并非全盘如此。贫困者的痛苦绝不逊于富人，只是大家不喜欢打开电视，还看到贫困者落难罢了，仿佛是说："穷人本来就悲惨，还有什么好说呢？"可是劳苦者也有疑惑："假若我像电视或小说里的人物有钱有势，绝不至于沦落成像他们那样！"

大家比较少想到的问题是：会沉沦的人，不论贫富都会沉沦，与他的环境关系并不太大。若说富人经不起诱惑，那么贫者有几人能脱出诱惑呢？

不只是小说、电影、电视如此，实际人生也是这样，有时看新闻给人的感觉也像在读小说或看连续剧。有权有势的官员，养尊处优、生活无虑，照理说人格应比平民百姓高尚一些，结果不然，他们常为了一些不是急需的小钱就贩卖自己的人格。那有广大人民做后盾的民意代表，意气风发、聪明饱学、待遇优厚，照理说不会出卖人民，结果不然，他们常为了私我利益，把正义公理拿来践踏。

看到这些出乎意料的"剧情"，总令人感叹！觉得做一个平凡的人，不会被拿来演出的人，在某一层次上还是幸福的。

在金钱里似乎有这样的宿命，爱钱者不论穷通，仍然爱钱；不爱钱者，就是一生落魄，也能一毛不取。前者发生在一位民意代表说："我家里的财产有四五亿，怎么会在乎那区区几十万呢？"也使人难信；后者发生在机场清洁工捡到百万现款，也能于心不昧，全身都散发着金色的光芒。

爱情的宿命仿佛也是如此，穷愁潦倒时会背弃情义者，不论他多富有，也一样会背弃。反之，能感恩念旧的富人，纵使再困穷，也不至于无情无义。环境、诱惑也者，只是借口罢了——没有汽油的桶子，火柴如何使其燃烧呢？

这种背弃的宿命使人无奈，但不背弃的宿命才更令人泣血。

不背弃的宿命，我们可以在小说、电影、电视看见的是：两位顽固而充满仇恨的家长，往往一位生了男孩，另一位生了女儿。仇家的儿子与女儿总会因某种巧合相遇，一见钟情，然后用爱情与生命联合起来向父母抗争。

结局其实可以是喜剧：化干戈为玉帛，大团圆结束。但通常是悲剧的：其一是气死父母，其二是牺牲儿女，两种都可以使两家痛苦一生，而观众则痛苦几个晚上。（悲喜剧的过程都一样痛苦，只是结局不同。）

　　我常想的两个问题是：一、为什么仇恨的父母总有相爱的儿女呢？这一点也不奇怪，因为情爱与仇恨的本质相同，只是面貌不同。二、为什么没有一个故事是父母很亲爱，儿女却充满仇恨？这也不奇怪，因为人情感的萌芽是以爱开始，以恨为终，先有爱，才会有恨，很少是由恨生爱的。

　　动人的爱情故事因此总是在仇恨中挣扎的故事；好看的金粉世界通常就是在欲望中沉浮的故事。

　　互不背弃而又活生生折翼的情节，乃是人生最无奈的现实。

　　人生的牌局里有一张 A，这张牌可以最大，也可以最小，可悲悯的是，大部分人拿到 A 时，不管其他的牌如何，总把它当最大的来打。

　　人在被小利蒙蔽时，哪里想到会毁掉一生的基业呢？人在仇恨之中，哪里能看到别人（包括自己的儿女）情义的珍贵呢？这都是拿到一张小 A 当成大牌打的结果。

　　在别人的宿命里，我们清楚看见人生有更多可以沉思的东西，如果我们不善于深思看清整副牌，往往自己就会掉进那令人扼腕的宿命里去。

重瓣水仙

　　我常去买花的花贩，一直希望我买一盆重瓣的水仙，说是最新的品种。

　　花贩是一位美丽秀雅的小姐，她站在花坊里就像是她卖的花里面的一朵。这是我的哲学之一：如果一位花贩把自己照顾成一朵花那么细致与美，那么她卖的花一定不会太坏。

　　我喜欢向如花的姑娘买花。

　　我喜欢向有书卷气的老板买书。

　　我最喜欢菜市场卖菜的一位阿婆，因为她梳理得最整洁，笑起来温馨自然，就像她架子上的青菜。

　　可惜，这样的惊见是不多的，所以我珍惜这样的缘。

　　卖花的人请我买莲花，我就买了。

请我买小红菊，我就买了。

请我买野百合，我也买了。

买点满天星、夜来香、野姜花、玫瑰吧？

好，都给我拿一些。

我当然也买了重瓣水仙，虽然我心里更爱的是单瓣的普通品种。

有时候，我们买东西只是买一点情意，买一点人间的温暖。

我搬家的时候，卖菜的阿婆听到了，眼睛就红了；洗衣店的老板娘，流泪流到桌子上；巷口小书店的老板，紧握我的手不放。

卖花的小姑娘，送我一大把玫瑰花。

有一次假期回到旧住的地方，转去花店，竟像去找朋友一样。

卖花的人问："那盆重瓣水仙养得怎样了？"

这一问，才完全想起曾经买过一盆重瓣水仙。有一些人间的缘分就是在水仙、青菜、洗衣店这些小地方流动的。

失落的王者之香

掬水月在手，

弄花香满衣。

——《虚堂录》①

朋友邀我去参观兰花园。

我以为会看到在温室里美轮美奂的兰花，却大出意外地看见一个巨大的工厂。

现在兰花的种植已不像从前了。从前的兰花要透过分芽来繁殖，一株兰花的养成要经年累月；现在的兰花用的是试管，只要一丁点儿的细胞就可以分种出新的兰花。

---

① 这两句诗出自唐代诗人于良史的《春山夜月》，宋代禅师虚堂将其记录于《虚堂录》之中，成禅宗名联。

　　兰花工厂里，有许许多多小试管、中试管和大一些的玻璃试管。兰花是一大群一大群地"养"在试管里，靠着营养液成长，稍大一些，就换一个试管。

　　最后，花期将至，把兰花放在小塑料盆里，一株株排列整齐，等到花苞结满，就可以出货了。

　　我站在那数十万株兰花的工厂里，心情非常的复杂，感觉不像是站在花园里，而像是站在"鸡寮"和"猪舍"。美，霎时隐没了。

　　一个长久思索的答案显现了：现在不管在何时何地看见的兰花都是一个样子——花朵巨大完整，花枝修长挺立。那是缘于它们都是"工厂制造"的成品，不会有虫鸟的咬吃，不会有风雨的痕迹，也不会因为外在的因素长得歪曲、怪异，更不会有时空的变化与沧桑！

　　作为一株花的形是确立了，但是作为一株花的神却失散了！

　　种兰的朋友告诉我，通过现代的种兰科技，已完全打破名兰的神话。从前一株达摩兰曾要价千万元，因为繁殖不易，物以稀为贵呀！现在一下子就可以种出千株达摩兰，所以，"达摩兰一株只要一百元！"

　　其他的名种兰也是一样，娇贵无比的兰花已经成为非常平价的花卉，甚至比一般的花还要便宜。

朋友遗憾地说："比较可惜的是，用试管种出的兰花，是没有香气的。人说兰花香是'王者之香'，在万香中为第一；现代的兰花却完全失去了香气，我们找不到原因，所以在种植的过程中也无从改良了。"

是呀！古人以梅、兰、竹、菊来象征君子的风骨，兰花的真香正是代表了君子有人格的芬芳，失去了芳香的兰花，又要以什么来比喻君子呢？

从前的人弄花而香满衣，踏花归去而马蹄留香，现代的人把花戴在身上，也不会有什么香气。这不正是象征现代人不重视人格的芬芳吗？兰花的香气源于缓慢的成长、岁月的累积，是无法在试管中速成的，人格的馨香不也是一点一滴习染的吗？

花香是外放的，也是内藏的，生命的悟境也是如此。

在月圆之夜，你在湖边掬水，掬起来的每一捧水，里面都有月亮，湖中也有月亮，乃至千江有水千江月！月亮是那么多，却只有捧在手中的月影，是如此真实！

商人波利入海求宝，海神从水中出来说：

"海水为多，掬水为多？"

波利答曰："掬水为多，所以者何？海水虽多，无益时用，不能救彼饥渴之人；掬水虽少，值彼渴者，持用与之，以济其命。"

掬水一捧就能救济生命，掬水一捧就能看见天上的明月，这就是为什么禅宗祖师开悟了说出"掬水月在手，弄花香满衣"这么优美的话。

会心不远，明月也在掬水之间。

心不着境，走过生命的落花，也有满身的花香。

走出朋友的兰花工厂，内心颇感失落。生命的天平或许就是如此，走得快速，就失去从容；过得繁复，就失去单纯；生活忙碌，就失去平静……

掬水与花香，值得细细思量。

卡其布制服

过年的记忆，对一般人来说当然都是好的，可是当一个人无法过一个好年的时候，过年往往比平常带来更深的寂寞与悲愁。

有一年过年，当我听母亲说那一年不能给我们买新衣新鞋，忍不住跑到院子里靠在墙砖上哭出了声。

那一年我十岁，本来期待着过年买一套新衣已经期待了几个月。在那个年代，小孩子几乎是没有机会穿新衣的，我们所有的衣服鞋子都是捡哥哥留下的，唯一的例外是过年，只有过年时可以买新衣服。

其实新衣服也不见得是漂亮的衣服，只是买一件当时最流行的特多龙布料制服罢了。但即使这样，有新衣服穿是可以让人兴奋好久的，我到现在都可以记得当时穿新衣服那种颤抖的心情，而新衣服特有的棉香气息，到现在还依稀留存。

在乡下，过年给孩子买一套新制服竟成为一种时尚，过年那几天，满街跑着的都是特多龙的卡其制服，如果没有买那么一件，真是自惭形秽了。差不多每一个孩子在过年没有买新衣，都要躲起来哭一阵子，我也不例外。

那一次我哭得非常伤心，后来母亲跑来安慰我，说明不能给我们买新衣的原因。因为那一年年景不好，收成抵不上开支，使我们连杂货店里日常用品的欠债都无法结清，当然不能买新衣了。

我们家是大家庭，一家子有三十几口，那一年尚未成年的兄弟姊妹就有十八个，一个一件新衣，就是最廉价的，也是一大笔开销。

那一年，我们连年夜饭都没吃，因为成年的男人都跑到外面去躲债了，一下子是杂货店、一下子是米行、一下子是酱油店跑来收账，简直一点解决的办法也没有，那些人都是殷实的小商人，我们家也是勤俭的农户，但因为年景不好，却在除夕那天相对无言。

当时在乡下，由于家家户户都熟识，大部分的商店都可以赊欠的，每半年才结算一次，因此过年前几天，大家都忙着收账，我们家人口众多，每一笔算起来都是不小的数目，尤其在没有钱的时候，听来更是心惊。

有一个杂货店的老板说："我也知道你们今年收成不好，可是欠债也不能不催，我不催你们，又怎么去催别人呢？"

除夕夜，大人到半夜才回家来，他们已经到山上去躲了几天，每个人都是满脸风霜，沉默不言，气氛非常僵硬。依照习俗，过年时的欠债只能催讨到夜里子时，过了子时就不能讨债了，一直到初五"隔开"时，才能再上门要债。爸爸回来的时候，我们总算松了一口气，那时就觉得，没有新衣服穿也没什么要紧，只要全家人能团聚也就好了。

第二天，爸爸还带着我们几个比较小的孩子到债主家拜年。每一个人都和和气气的，仿佛没有欠债的那一回事。临走时，他们总是说："过完年再来交关吧！"

对于中国人的人情礼义，我是那一年才有一些懂了。在农村社会，信用与人情都是非常重要的，有时候不能尽到人情，但由于过去的信用，使人情也并未被破坏。当然，类似"跑债"的行为，也只反映了人情的可爱，因为在双方的心里，其实都知道那一笔债是不可能跑掉的。土地在那里，亲人在那里，乡情在那里，都是跑不掉的。

对生活在都市里的、冷漠的现代人，几乎难以想象三十年前乡下的人情与信用，更不用说对过年种种的知悉了。

对农村社会的人，过年的心比过年的形式重要得多。记得我小时候，爸爸在大年初一早上到寺庙去行香，然后去向亲友拜年，下午他就换了衣服，到田里去巡田水 ①，并看看作物生长的情况。大年初二也是一样，就是再松懈，也会到田里走一两回，那也不尽然是习惯，而是一种责任，因为，如果由于过年的放纵，使作物败坏，责任要如何来担呢？

所以心在过年，行为并没有真正地休息。

那一年过年，初一下午我就随爸爸到田里去，看看稻子生长的情形。走累了，爸爸坐下来把我抱在他的膝上，说："我们一起向上天许愿，希望今年风调雨顺、国泰民安，大家都有好收成。"我便闭起眼睛，专注地

---

① 巡田水：闽南语，在以前的台湾农村，水田旁边的灌溉沟渠是大家共享的，插秧前后都要从田埂旁边开洞将水引进自己的水田中，巡田水就是农民要常常去看水田里的水量是不是刚好在适合的地方。

祈求上天，保佑我们那一片青翠的田地。许完愿，爸爸和我都流出了眼泪。我第一次感觉到人与天地有着浓厚的关系，并且在许愿时，我感觉到愿望仿佛可以达成。

开春以后，家人都很努力工作，很快就把积欠的债务，在春天第一次收成里还清。

那一年的年景到现在仍然非常清晰，当时礼拜菩萨时点燃的香，到现在都还在流荡。我在那时初次认识到年景的无常，人有时甚至不能安稳地过一个年，而我也认识到，只要在坏的情况下，还维持人情与信用，并且不失去伟大的愿望，那么再坏的年景也不可怕。

如果不能认识人生的真实，没有坚持的愿望，就是天天过年，天天穿新衣，又有什么意思呢？

正义堂与幸福堂 🌶

在通化街一条小巷里，有两家毗邻的商店，一家光明透亮，每一根柱子上都写着醒目的大字，它的店名叫"正义堂"。另一家幽深阴暗，从外面完全看不见内部的情形，店招上写着"幸福堂"。

我第一次走过这两家店，就被它们的店名吸引。在这光怪陆离的城市，大部分好的店名都已经被用光了，但古老事物的某些价值标杆反而很少被用来做店招，"正义"或者"幸福"正是如此。以"正义"做标准的是什么店呢？什么店又能带给人"幸福"？

原来，"正义堂"是一家中药铺，兼做跌打损伤的接骨，主人还是个国术家，闲暇教附近子弟习武，在庙会时，就成为宋江阵的班底了。"幸福堂"是一家命相馆，从为小儿命名、看良时宜辰，到婚丧吉庆、吉凶祸福，主人认为一个人追求幸福的根本就是"知命"，知道命运有一些不可抗拒的神秘，然后从命运与宇宙人生取得和谐，这样才会得到真正的幸福。

卖药的人是需要正义的，因为来买药的正是最期待援助的人，"正义"在这时成为雪中的炭，失去正义的药店就会成为落井的石头。

习武的人也需要正义，因为武的目的不只在强身，也在济世。"正义"使武力成为止戈，失去正义就成为挥戈的强权。

所以，中药铺和国术馆称为"正义堂"颇能引人遐思，再放大来看，现代的大医院、发展新式武器的科学家最需要的不就是正义吗？遗憾的是，曾在大医院就医的人，都会发现医院里唯钱是问，早就失落了正义。而如果我们看看现今世界的武器大观，更知道世界武力的对峙早就没有正义可言。

至于"幸福堂"更是给人一种说不出来的感受，每一个人不管生活在古今中外都是在追求幸福，但由于幸福的轨迹不一定符合逻辑，因此对幸福的掌握都感到惶恐。例如，逻辑上说勤俭就能致富，事实上许多勤俭一生的人贫贱以终；例如，逻辑上有情人终成眷属，事实上大部分的有情人都没有好的结局……

社会、经济、科技的发展，非但没有使幸福跟着发展，反而使幸福的追求失落了。社会学者调查，到命相馆去求教的人，比例最多的是知识分子，而不是一般百姓。在台湾许多高科技工厂兴建地点、方位要由风水师决定，破土的时候要选择黄道吉日，连留学外国的博士董事长、总经理也烧香拜土地公。

舆论都批评知识分子不应该相信命相、风水、地理、时辰，可是，到底人是活在宇宙的一分子，谁敢说凭一己之力就可以有幸福呢？所以，命相馆自称"幸福堂"，算命者自称是创造幸福的人也并无不妥。

不相信命运，并不会使一个人的幸福增加，相信命运，也不会减少一个人的幸福；反之，亦然。

幸福，其实不是不能掌握的，对个人来说，知足常乐，反观自照、减少物欲的追求，是幸福的根本条件。对社会而言，多想想别人的幸福，希望能奉献与布施，少想到自己的幸福，期求别人给自己援助与施舍，这样，整个社会才有幸福的可能。

现代社会的一切悲剧，都是因自私的幸福观战胜了大我的幸福观。在大我被大部分人遗忘时，正是正义沉沦之际。

　　正义，是社会幸福的最大动力；大部分人感觉幸福的社会则是正义得以伸张的表征。

　　我常常站在通化街的一条巷口，远远看着"正义堂"和"幸福堂"高悬的招牌，沉思着正义，乃至仁爱、智慧、礼义、和平，一直到幸福的道路，为某些旧价值的失落感到忧心。

　　转一个路口，就是人声沸腾的市场，鸡鸭的肚肠流了满地，污水与吆喝声同时飞溅，刮鱼鳞的声音令人毛发竖立，回头一看，"正义"与"幸福"完全被淹没在人潮里。

红砖道的风景

木棉树的叶子
为何一到春天都殉情了
独独留下满树的花
向天空伸手微笑

木棉树下有一条路
长长的思念落在路上
落在岁月的星空
无始无终
为何一到春天
木棉树的叶偏偏都殉情了
只留下一树的花
高高俯视人世的风景

夏天一到

挣扎着太多风景的果实

在空中痛苦地爆裂

纷纷飘飞殉情在更远的路上

已经殉情的叶子

却在枯枝上一寸一寸复活

矛盾的木棉树

叶殉情了花开

花殉情了叶活

不要为死的忧伤

要为重活的高兴

　　每到春末的时候，我最爱在台北的红砖道上散步，因为这个时节，木棉树在开花了。它们仿佛抢报着一种什么讯息一样，随意走在仁爱路上、敦化南路上、罗斯福路上。每一株木棉树好像都是一只手掌，一直往上伸着。这每一只手掌都开着，远看好像相同，近观又完全不同的风情，好像人的掌纹一样，每一条都相异。

　　难以形容自己为什么特别喜爱木棉树，也许是它和我过去三个阶段的生活有密切的关系。童年的时候，家不远处有一条旗尾溪，两岸夹道都是木棉树，我和弟弟喜欢坐在木棉树下向天空仰望。天是蓝的，花是橙红的，树枝是深褐色的，交织成一片有颜色、有风情的景象。有时我们走到对岸，望向这边的木棉树，挺挺的一排，好像站着等待检阅的士兵。这时我们特别能看出它的枝丫充满力量的美。

就这样我们看木棉树看了好几年。

有一天，我们在旗尾溪钓鱼。刚好是雨后天晴，木棉树好像刚刚洗过澡，一尘不染，衬着刚刚形成的彩虹，那金橙色好像彩虹里的颜色。弟弟对我说："哥，我想要一株木棉花。"

为了给弟弟摘木棉花，我缘着多刺的木棉树干，爬到木棉树的顶端，终于摘到一枝开得累累的、最美的木棉花，没想到一不小心踩断一根枝干。我抱着多刺的木棉树滑落到地上，全身被划出几十道伤口，手里还紧紧抓着木棉花。弟弟看到我全身的血迹，惊吓得大哭起来，我安慰弟弟："不要哭，不要哭，不是摘到木棉花了吗？"我被木棉树刺破的伤口，在家里养了一个多月才复原，而摘回家的木棉早就凋萎了。

　　如今，弟弟已经是大学四年级的学生了。我每次检视在身上留了十几年的疤痕，总是想起木棉事件，以及关于木棉的温暖的童年记忆。

　　服役的时候我在装甲部队，也曾因木棉花误过事。有一次我们在野外演习，要通过分进点在某地集合。我指挥战车行过一片翠绿的禾田，忽然在田中央看见一棵高大的木棉花开得茂盛。金橙色的花开在晶碧的稻田上，在黄昏的暮色里美得像梦中的景色。我站在战车顶上不禁看得痴了，我停了战车去摘了一枝木棉花，结局是我们误了集合的时间，被罚扫一星期厕所。在扫厕所期间，我还时常想起那美丽无方的木棉树。

　　几年后，我在情感上遭遇到很大的挫折，那时我便常一个人到罗斯福路散步，思索着既往来兹，在不可抑止的激情中欣赏木棉树的风景。我看到清道夫①每日清晨来打扫散落满地的木棉花，却常遗漏掉落在街角落的那几朵。我想在情感上，再好的清道夫，总也扫不去隐在最角落的几朵花吧！

　　那一段散步的时间，使我非常仔细地看着满树绿叶

---

① 清道夫：城市的清洁工。

的木棉，在几天内落尽了叶子，结出了花苞，花开、花谢，等到所有的叶与花全掉光了，以为那全是枯枝的木棉树会死去了，没几天又全放出绿芽。它几乎暗示了情感的生灭，也启示了命运变折的途程，使我对未来的前路充满了希望。

木棉花是男性的花，坚实厚重，全身长满了刚硬的刺，充满了昂扬的姿势。但是，坚硬的外壳仍然掩不住岁月的生谢，问题是，谢了之后，殉情之后，如何在心的最内部重新复活呢？

我喜欢木棉花，不只因为它是男性的，也因为它是台北红砖道上最可看的风景。

红目连

中午时分，无意间路过市场，有一个鱼贩正在卖红目连。他扯开喉咙叫卖着："红目连，三斤十元。"我几乎毫不思索地对他说："买三斤！"

"都买回去吧！只剩这几条。"

一、二、三、四、五、六、七、八、九，我迟疑着，他已经把九条鱼放在磅秤上了："六斤半，卖你二十元。"然后他便霸道地帮我把鱼剖了。他先把鱼鳃、鱼肚取出，再把鱼皮剥去，他那样专心致志地剥鱼皮，使我不忍心拒绝他的好意，一任他把鱼整理好了。

走出市场时，我有一点后悔，买九条鱼在这样炎热的夏天要怎么吃呢？回家一定要挨妻子一顿埋怨吧！红目连在市场里是一种贱鱼，一般主妇都不肯买，我怎么竟会一时在无目的的情况下买了一堆鱼呢？连我自己都觉得有一点疑惑。

对于红目连，几乎已经成为一种直接反射了。

童年时代，我生长在一个大家庭，我们虽也拥有几亩水田和蕉园，但一家三十几口，生活是相当贫苦的。做主妇的母亲每次上菜市场，总是挑拣便宜的东西买，红目连因此成为母亲常常携回家的鱼类，我有几次跟随母亲上菜场，便好奇地问母亲："为什么不买虱目鱼或土托鱼，每次都要买红目连呢？"

母亲微笑着说："红目连比较好吃。"

那时的菜贩对于大批购买的红目连，是不愿意帮人剥皮的，因为红目连皮厚、鳞多，鱼翅又格外坚硬，非常费事。母亲买了红目连，常要耗费很多时间剥皮，有时会被鱼翅刺伤手指。

红目连的烹调，在我们家，方法非常简单，有时放到油锅里炸成金黄色沾盐巴吃，有时先抹遍了盐，在锅里煎到鱼肉坚硬。为了省油，我们通常吃的是煎的红目连。

许是听了母亲的话，不时吃红目连，竟使我品出这种贱鱼的甘香。它的鱼肉非常坚实，纤维很紧密，细嚼慢咽的时候特别觉得有一种肉香，是别的鱼身上吃不到的味道。然后我便坚信母亲的话，她买红目连的目的，确实是红目连比别的鱼好吃。有时我也伴母亲下厨，久而久之，我也有了把红目连煎成金黄色的好手艺了。由于它耐嚼，爸爸也常用来下酒。

我们家吃红目连有很长的历史，几乎到了"无鱼则罢，有鱼则是红目连"的地步。和红目连可以相提并论的是吴郭鱼，那是家里池塘养的。后来吃红目连，倒可能不是为了便宜，而是它真特别有一种滋味。

北上求学以后，红目连吃得少了，一直到服役后，军队里的大锅菜，红目连常是不可缺的。军队的烹调不讲究什么品位，连皮带鳞，裹上粉放在油锅里炸，炸到看不清真面目，厚厚一层粉，我们戏称为"炸弹鱼"。这倒也有好处，把粉削下来就连鱼鳞、鱼皮都脱掉了，露出雪白的鱼肉来，隐隐约约可以看清肉上的几条粉红色脉络。

"这是什么鱼啊？从来没吃过，当兵以后天天吃。"弟兄们抱怨着说。

"这是红目连。"我说。

"一定是最便宜的鱼。"

"是最好吃的鱼。"我说，虽然我微笑地忆起一种鱼的两种滋味，我也知道了母亲当时买红目连不是因为它好吃，而是因为它便宜——它的便宜象征了一段贫穷但坚实的生活。

退伍后东飘西荡，几乎忘记了红目连的滋味，一直到那一天不自觉地买了九条红目连。

我提着红目连回家，妻子的第一个反应是："你疯啦？买这么多鱼。"她打开来看发现是红目连，便停口不提了，因为妻子小时候也是常常吃红目连的，她称童年是"吃红目连的日子"，虽然她上菜场不会去买红目连，却可以充分体会我的心情。

那天晚上，有几位外国朋友来访，我便亲自下厨做了九条红目连，整整放满四个盘子。我们就用红目连下酒，喝的酒是黑牌"尊尼获加"，我想起了母亲及童年的岁月，不禁有些酸楚。

"是什么鱼呀？很好吃。"外国朋友问。

"是台湾最好吃的鱼，叫'红目连'，吃了会叫人红眼睛的。"

吃着，吃着，竟吃出一点乡愁来了。

花籽 🦋

三年前我退役，背着袋子要北上的时候，爸爸取出一罐小瓶子，里面是他亲手培养出来的花籽。他小心翼翼地交给我说："你到台北后，如果有一个花园，就把它种了。"我便带着这个小瓶子和一袋故乡的泥土上台北。

我很想马上把它种了。

可是上台北后，一直过着租赁的日子。住在小小的公寓中，难得找到一撮土地，更不要说一个花园了。那罐父亲的花籽便无依地躺在我的袋中，随着我东飘西荡。每次搬家看见那些花籽，就想起每日清晨在花园中工作的父亲。什么时候才能找到一个花园呢？我总是想。

最近，我找到一个有花园的房子，又因为工作忙碌，就把花籽摆在鞋柜子里。有一天，我拉开鞋柜看到那一罐花籽和那一袋泥土，就把它们撒在家前的花园里。

那时候已经是严冬了，花籽又摆了三年，到底会不会活呢？我写信告诉爸爸，爸爸回信说："只要有土地，花籽就可以活。"他又附寄来一包肥料。

我每天照料着那一片撒了花籽的土地，浇水、施肥。在凛冽的寒风中，我总是担心着，也许它就会埋在土地里断丧了生机吧！

在冬天来临的第二个月，有一天我开窗的时候，突然发现一群花籽吐了新芽。那些芽在浓郁的花园里，嫩绿到叫我吃惊。是什么力量，让那一罐从南台湾带来的花籽，在北地的寒风中也能吐露亮丽的新芽呢？

花籽吐芽的那几日，我常兴奋得无法睡去，总惦念着那些脆弱的花芽。那是什么样的花呢？我问爸爸，他说："等它开了花，你就知道了。"

那个小小花圃中的芽长得出乎意料的快，我几乎可以体知它成长的速度。每天清晨，我都发现它长大了，然后我便像每天面对一个谜题，猜想着那是什么花，猜想着父亲送我这些花是什么用意。我急于知道那个谜题，就更加体贴那些花。

慢慢地，花长大了，我才知道那是一些茼蒿菜。茼蒿菜是一种贱菜，在乡下，它最容易生长，价钱最便宜，而父亲竟把它像礼物一样送给我，那样珍贵。也许是要我不要忘记自己的土地吧！

我舍不得吃那一亩茼蒿，每天还是依时浇水看顾。茼蒿长大了，我从来没有看过那么好看的茼蒿。在市场上，茼蒿总是零乱的、萎缩的；在土地上，茼蒿却是那么美丽而充满生机。

差不多一个月的时间，茼蒿就在严冷的冬天里开了花。那花，是新鲜的黄色，在绿色的枝梗上显得格外温暖。我想，这么平凡的茼蒿花竟是从远地移种来的，几番波折，几番流转，但是它的生命深深地蕴藏着，一旦有了土地，它不但从瓶中醒转，还能在冷风中绽放美丽的花朵。

茼蒿花谢了，在花间又结出许多细小的黑色的花籽，看起来是那么小，却又是那么坚韧。我把种子收藏在父亲当年赠我的瓶中，并挖了一舀泥土 —— 是家乡的泥土和客居地的泥土混成的泥土。

或者有一天，我仍要带这花籽和这泥土到别的地方去流浪；或者有一天，这带自故乡根种的花籽，然后在异乡土地上结成花籽，会长在另外的土地上。

人也是一粒平凡的茼蒿花籽，不管气候如何，不管哪里是落脚的地方，只要有生机沉埋心中，即使在陌生的土地上，也会吐芽、开花，并且结出新的花籽。

舞草的联想 🔖

最近，在云南西双版纳的原始森林里，发现一种会跳舞的草，当地的傣族青年把这种草称为"风流草"，植物学家则称为"舞草"。

花草会跳舞并不是稀奇的事，任何平凡的花草都会随风舞动，是大地上最自然的舞姿，尤其是整片的稻田，在风来时，就如同海浪的波涛。花草是乐器，风是琴手，时时交响出大自然最美丽的风景。

但是，"舞草"是完全不同的，它的舞动不是随风，而是听着声音舞动。据说它是西双版纳森林中极普遍的植物，貌不惊人，长得像花生一样。只要听到优美动听的歌声，就会翩翩起舞。生在主叶叶茎上对称的两片小叶，随着歌声一张一合，频率和歌声的高低强弱一致，如果歌声悲伤或低沉，它的舞姿就缓慢而柔软；如果是激昂或跳跃，它的舞姿也就刚劲而欢快。

当植物学家带着录音机放出音乐时，"舞草"真的跳起舞来，使大家对它的多情大为惊异，怪不得傣族人称它为"风流草"了。至于它的生长年代就无以证明，可以想见千百年来，它自在地生长于偏僻的森林里。

经过植物学家的研究，发现"舞草"对声音响应是因为它的细胞对声波振动十分敏感，声音的强弱使植物细胞发生程度不同的舒张与收缩，引起枝叶的跳动。

看完"风流草"的研究报告，我证实了"植物有情"的想法。科学的研究只能到细胞的舒放与收缩，除此之外，说不定"风流草"也有情绪的感受，这是如今尚不能证明的。

过去关于花卉的试验中，曾有人发现在同样环境长大的花，听音乐的比不听音乐的花开得更好。同样的两个盆景，主人浇水时对花草说话，总比那沉默浇水的长得好——这种试验现在已经是养花人的普通常识了，花草之有情在这种常识里流露无遗。

一般平凡的植物，由于它是静态的，我们往往不能探知它的情感，却有少数的植物，它的敏感好像时时告知我们，植物并非没有感情。"舞草"对声音的敏感是极好的例证，而就在我们身边，不就到处有敏感的植物吗？像生长在野地里的"含羞草"，它对触摸敏感；像茉莉花和牵牛花，它们对黄昏敏感；像夜来香和昙花，它们对寂静的黑夜敏感；像枫树和槭树，它们对萧萧的秋天敏感……只要我们注意身边的花草树木，几乎全都对春天的来临敏感，这种敏感有时还胜过人类。

在南部的山区，坡地上长满了一种叫"台风草"的植物，在还没有气象科学的时代，人们就靠"台风草"改变的姿势与叶片上的褶痕来预测台风的强弱、动向和日期，它为何有这种力量呢？科学的解释自然还是细胞的问题。那么，为什么独独它有这种特别的细胞呢？那就是科学最大的谜题了，没有人知道，只有植物自己知道——我们在这个大宇宙中，是多么渺小无知！

我想，唯一可以解释的是，它们的生命有情，不容忽视。明白这一点，则可以知道我们其实不是万物的主宰，而是与植物有对应的关系；自信只有人是万物主宰的强权主义者，永远不会了解万物深邃的生命是无穷且没有界限的，有时能超越人类。像"舞草"一样能闻乐起舞的人，在这个世界上还是少数！

人可以随意破坏环境，人可以随便摧折一株植物的生命，但人其实是比一株野草还脆弱的。想一想，在台风的季节里，人要做种种防台风的准备，躲在坚固的屋宇，有时还不能抵御台风；看看那在荒地的野草，它们毫无防御，再大的风雨也无法摧折它们，我觉得这是大自然最奇妙的地方。

　　人或许有能力主宰万物，但人有权力按自己的意志去破坏万物吗？如果能这样想，生态保护的问题就很容易解决了。

巴黎乞丐

在巴黎的路边咖啡座喝咖啡，突然走来一位衣冠整洁的男士，脱下他的帽子放在我们桌上。

我正在纳闷的时候，陪我们的朋友说，那是巴黎的乞丐要向我们乞讨。我抬头看他，他一言不发只是微笑，我把五法郎放在他的帽里，他行礼如仪，道谢而去。

"没看过这样绅士的乞丐，穿得这样整齐，怎么能引起别人的同情呢？"我问朋友。

"巴黎的乞丐不是要博取同情的，在他们来讲，伸手要钱是一种工作，不是要你可怜他。"朋友说。

原来，巴黎因为失业问题严重，有许多找不到工作的人，其中有一部分就当了乞丐。当乞丐是政府允许的，并不是什么奇怪的事，在巴黎不是随便什么人都可以当乞丐，它的条件是：一要为法国居民，二是过去有工作，目前正在找新工作。

想当乞丐的人要向政府申领执照，等拿到执照才可以当街行乞，法国的社会福利办得不错，领有执照的乞丐有政府补贴吃住，至于零花钱就要靠自己乞讨，能要到多少钱完全是靠自己的本事，巴黎乞丐的"形象"很不错，不像别的地方的乞丐恶形恶状，占据街头。他们活动的地点常是咖啡座，遇到外地观光客要点喝咖啡找来的零头，遇到本地人有时会要你请喝一杯咖啡。

但是，据说政府有一规定，就是凡领取执照的乞丐，口袋里必须至少准备十法郎（约合五十元台币[①]），否则一经查获，警察可以逮捕，吊销执照，依照"无业游民"处理，无业游民只能依赖社会救济金过活，远远比不上乞丐生活多姿多彩。

可见，"乞丐"在法国人的心目中还比"无业游民"高一等，它至少是一件工作，而且是相当不容易的，想想要曾经有工作的人去当乞丐，十个里有八个宁可做"无业游民"，更不要说去申请执照了。

---

① 台币：1 元台币约等于 0.2 元人民币。

　　有一次和画家丁雄泉聊天，他说在巴黎当乞丐很有意思，有吃有喝，还能交朋友。他在欧洲时找到旅居意大利的画家霍刚，向霍刚说："我们出去当一天乞丐吧！如果要到的钱多就去吃大餐，要到的钱少就去吃小吃。"结果霍刚说什么也不敢，丁雄泉的结论是："这只是观念问题，假如把乞讨也当成工作，它和画画有什么不同呢？"

　　丁雄泉在巴黎时就当过乞丐，现在是闻名国际的画家，谁也想不到。

　　巴黎还有一种乞丐不需要执照，就是那些有本事的街头卖艺人，他们找到一个街边，拉琴演奏，琴盒就放在旁边，观众若觉得他们拉得不错、唱得不错，就丢下几块钱鼓励鼓励，使得巴黎街头笙歌不断，入夜以后更是热闹。这些卖艺人，画画的以蒙马特山区为中心，弹唱表演的以蓬皮杜广场为据点。他们的行为和台湾路边庙前拉胡琴、弹月琴的乞者没什么不同，差别只是他们大部分是年轻俊美的青年，显得对自己的艺术有自信，当然他们宁可当自己是艺术家，不是乞丐。

　　千万不要小看这些乞丐，他们有许多是大学艺术系的高材生，就在这样的街头，大画家劳特里克^①、毕加索都曾在巴黎卖过艺咧！

卖艺人也受限制，就是不能妨碍交通、影响观瞻，例如车站地下铁就不可以卖唱，而穿着过分破旧也不行，会遭到警察的取缔。

这些卖艺人来自世界各地，我就在蒙马特山区遇到一位师大艺术系的毕业生，是我在台湾就认识的，但他对我说："回台北以后不要对人说起我在这里画画。"原因很简单，他在巴黎很自在，却不希望让台北的亲友知道，这也是观念问题。

从露天咖啡座回旅店的路上我想着这些，却在路边看到一个人抱着树喃喃自语，慢慢沿树干滑落，成为一堆烂泥。我看他背影熟悉，趋前去看，才发现是刚刚向我要了五法郎的乞丐。

这时我知道，巴黎的乞丐虽好，总也有不能排遣的情结吧！

---

① 劳特里克：全名为 Henri-Marie Raymond de Toulouse-Lautrec-Monfa(1864—1901)，一般称之为"亨利·德·图卢兹·劳特雷克"，生于法国阿尔比的贵族家庭，是后印象派画家，也是近代海报设计与石版画艺术先驱，被人称作"蒙马特尔之魂"。

第三辑　清净心看世界

三好一公道

最近住在台北县的莺歌小镇①，有一天到街上去，看到一家小面摊上挂着一个大招牌"勇伯仔面摊"，旁边还有两行小字——"三好一公道：汤好·料好·服务好·价钱公道。"

看到这样的招牌感到格外亲切，站在招牌下细细地看着面摊，还有摊子上忙着招呼客人的老先生。然后我坐下来吃了一碗素米粉，果然是三好一公道，这样的小事使我那一天的心情都非常开朗，有一种光明、清净、温暖的感觉，就像月圆时的光芒一样。

亮亮，我在青年时代，曾在我们居住的这块土地上行脚，从大城到小村，从山崖到海滨，企图使自己的心

---

① 台北县的莺歌小镇：即台湾新北市的莺歌区。2010 年 12 月 25 日原台北县改制为新北市，莺歌镇亦改制为莺歌区。

灵与脚印落实在这块土地上。我想到，光是我吃过的叫作"勇伯仔"的面店或小摊就有十几个，他们共同的招牌或共同的心意就是"三好一公道"。当我坐在野风吹拂的乡间小摊子的时候，就感觉像"勇伯仔"，"三好一公道"这几个字简直是美极了。

向前奋进的一种形象

一直到现在，我用还带着下港乡音的闽南语念道："勇伯仔米粉，三好一公道。"想到可能有数十百家自称"勇伯仔"的摊子分布在我们这个岛上，心里就流动着一种难以言说的温暖。

"勇伯仔"象征的是台湾人民永远向前奋进的一种形象。从前在乡下，我们对那些勇力过人的老人家，以及到年纪很大了还在农田奋斗的长辈，总会亲切地叫一声"勇伯仔"。这"勇伯仔"很像卖担担面的人在门口挂一盏灯笼写着"度小月"一样，早期的乡间生活艰难，农民渔民在忙碌的时间叫"大月"，较闲暇时则叫"小月"。所谓"度小月"，是农田的工作告一段落，农人依靠卖面来赚取生活的补贴。

现在，卖面的人都不再是农人"度小月"了，而且一个小面摊的收入就比一甲①地的农田收入要好得多，年轻人宁可到都市摆摊卖面，也不愿意留在乡间耕田。"度小月"虽在时空中变质，但"勇伯仔"还没有，我偶尔到乡下的农田总会看见许多我们这个社会的"勇伯仔"卷起裤管在各地的角落打拼。

"三好一公道"则是农村社会里出自人心真诚的流露，记得台湾光复不久的乡间，我们可以打交道的店家很少，比较常来往的是杂货店。

当时的杂货店给我留下了一些深刻的印象，那个时候没有什么名牌，也没有商品标识，所有的东西都是装在大缸、大瓮、大罐里，像柴、米、油、盐、酱、醋、茶等都是用"打"的。小时候帮妈妈到杂货店去打油、打酒、打醋都是非常美好幸福的经验，我总提着瓶子，一路唱着歌到远在数百米外的杂货店去。

老板拿个大勺，漏斗架在瓶子上，一勺就把瓶子灌满了。

然后，他会拿出一本簿子出来，叫我在上面签字，

---

① 甲：台湾农民计算田地面积的单位，1 甲为 9699 平方米，即 0.9699 公顷。

以便年底时一起结账。我签名的时候感觉到一种意外的欢喜，觉得自己已经成长了，可以为父母分劳。

存乎一心，童叟无欺

回想起来，那个时候的杂货店，除了外地人，本乡的人都是不付现的，全是签账，一年结算两次，有许多农人不识字，连自己的名字也不会写，那就全凭杂货店老板"存乎一心"了。在我长大的年岁从未听见过有交易上的纷争，可见那时候的人比较有天地良心，那时候的店则比较能"童叟无欺"。

农村签账的传统，我想是来自两个原因，一是农人的家里通常是没有现金的，他们要在一年两三次的收成里才有比较大笔的现金，因此现金交易变成不太可能，只好大家都赊欠；另一个原因是人与人之间互相的信任，买卖是站在一个互信的基础，买的人不认为会受骗，卖的人不认为会被倒，这种信任的态度是维持社会和乐最重要的基础。

比较起现在，有时就会感触良多，现代人所有的东西都有商品标识，却有许多是名不副实的，即使买东西时样样看标识，受骗的机会也非常多。这还是好的，任何人走进现代商店就会发现，大镜子、监视器到处都是，卖东西的人总是虎视眈眈，偶尔走进卖高级舶来品的店里，小姐们常常狗眼看人，流露出来的神情仿佛在说："哼！凭你这块料也敢到我们这种店来！"

亲爱的亮亮，我在生活里是个随便的人，常常穿着布鞋和一件老旧的衣服就上街了，可是又喜欢随兴而为，一不小心就会走进名牌的店铺乱逛，这时我知道冷眼与无知的鄙视一定是免不了的，我自己虽然一点也不在意（我们的情绪为什么要受势利的眼睛影响呢？），不过，一想到台湾社会经过几十年的奋斗，乡下有那么多的"勇伯仔"，有那么多人在"度小月"，才有今天，而服务的品质却不进反退，就会令人伤心。

这可以说是"三好一公道"的失落。在现代社会，三好是品质好、制作好、服务好，一公道仍然是价钱公道。

缺少平等心的社会

我们的服务不能好，就是缺少一个平等心，顾客一进门时就已经分门别类，逢迎高的、鄙视低的，正是整个社会的病态。记得我有一次在日本旅行，朋友告诉我在东京银座有个世界最高级的珍珠店，我特地跑去参观，由于旅行的缘故，我那一天蓬首垢面，一点看不出与珍珠有任何关系。我一走进店里，店员全部对我鞠躬，表现了极亲切的欢迎，有一位甚至热心地为我介绍橱窗里最名贵的珍珠，我害羞极了，只好表明自己没有买珍珠的意图，但他们并不因此放弃，一直引导我参观过店里的珍珠，才鞠躬送我出来，还齐声说："噜摩·阿里阿多·狗踩麻薯。"①

这种经验在台湾真是不可多得，有一次我到台北一家卖水晶的店去，有三位店员，其中两位对我冷眼相待，爱理不睬，有一位读过我的书，赶紧向其他两位说："他是一个作家呢！"没想到背后响起这样的声音："哎哟！我们店里的东西，作家也买不起呀！"

亮亮，你知道为什么日本商品如此强势，服务业勇冠全球吗？其实没什么秘诀，原因正是"三好一公道"。我真想将来有钱的时候到银座的珍珠店去买一颗珍珠，而即使我有钱，也不愿在台北买冷冰冰的水晶。

---

① 噜摩·阿里阿多·狗踩麻薯：日语为どうも ありがとうございます，有尊敬意，中文意思是"非常感谢"。

真正的珍珠与水晶，是在人心，而不在橱窗。有平等心时，俗气的珍珠顿时有了光芒；失去了平等心，再明亮的水晶也与玻璃无异。

价钱在台北也逐渐成为迷幻的东西，根据"消费者文教基金会"的调查，台北的东西平均比其他大都市贵好几成，特别是号称"高级"的奢侈品，已经完全没有"公道"可言。可叹的是，人人习以为常，买更贵的东西，得到更坏的服务，就是今天台湾社会的真相。

为什么我们传统里好的"三好一公道"，在商业社会就瓦解了呢？那是因为我们认为商业就是这样，就是不择手段地赚钱，就是想尽办法掏空别人的荷包，忘却了商业行为里其实应该有人间的信任与公道，在买卖之间有人间的好。

维持人生的基本信条

今天我路过信义路，发现从前我受到冷嘲的那间水晶店已经倒闭了，使我感到叹息，想起使它倒闭的原因说不定不是水晶，而是店员。亮亮，现在正有更多的年轻人投入服务业，说不定将来你也会进入服务业，希望我们都能记住"三好一公道"，使这个社会有真正品质的提升，一个社会的优势不是由购买力或高级的东西构成，而是由人的好品质构成的。

夜里，我到饶河街的夜市去买花生，卖花生的人也卖瓜子，还有进口的核桃、榛果、开心果，他很有耐心地叫我每一种都尝一尝，并且把核桃、榛果用夹子夹开让我品尝，最后我还是只买了五十元的花生米，他依然礼貌地向我致谢，这使我想起了乡间的小店，为之感动不已，知道即使是商人，也有许多人的心灵尚未失去光芒。

愈接近重商的资本社会，人越容易向物质屈服，越容易受到环境的左右，心灵越快被俗化、冷化、非人化，使我们步行在七彩的霓灯之中，感到无力与孤寂，要使自己更卓越，其实就是维持一些人生的基本信条而已，像"三好一公道"就是很好的信条。

让我们做这个社会的"勇伯仔"，让我们成为心灵卓然的人，亮亮，一起来努力吧！

城市之心

前一阵子，淡水列车停驶的消息，每天都登满整版的报纸，许多人说出了他们心中的惆怅，然后，火车停驶了，淡水列车不但走完最后一程，也如一道轻烟，在传播媒体中飘飞散去了。我想起一些在报章杂志上热门不已的事件，却在短暂的时间内被遗忘，这益发使我感受到这是一个变动快速的时代、善于遗忘的时代、无可奈何的时代。

就像你问我的一样："一件事物的消失原是自然的事，为什么淡水列车会引动那么多人的情绪呢？"

是的，不只是淡水的火车，一切世间的事物如果有了起始，终究会消失的。然而一切事物在形式上虽然逝去，有一些隐藏在形式背后的东西却会留存下来，那些能穿越时空之流的东西就是对人生的感动与启示。

如果有一个人曾搭过淡水的火车，并在其中体会到人情社会的温馨，或印象到窗外的景物之美，他就在那一刻获得生命的感动，淡水火车于是成为他生命里不可忽视的环节，听到火车要停驶，焉有不惆怅之理？这生命里的人情之温馨与美之感动，往往会成为我们心灵的力量来源，有如火车一样推动我们前行。

无情事物的有情寄托

生命里美的感动固然能拨动我们的情弦，但这些感动若能提升我们到智慧的启示，感动就能长存。以淡水火车的失去为例，至少有两部分可以给我们带来新的人生观点。

一是万事万物都有因缘的生起与灭去，淡水火车的历史或许比人的生命还长，但也只是缘起缘灭的过程。它每天按着固定的时间走相同的路线，经过相同站牌的停靠，然而，它每天运载的人都不一样，它和许多不同的人结缘，它能看见一个小孩子上车，而眼见孩子长大成人、老去，有一天那孩子下车了，就永远不再上车。也可能，有一个人一生只坐过一次淡水火车，那么他们就仅有一面之缘。这样想时，我们会领悟到人生的历程也有如一列火车，大部分人的生命轨迹都是相似的，但所遭逢的因缘却有很大的不同，如何看见因缘聚散的实相，就会让我们穿过浮云，看见青天，知道因缘背后的意义。

二是因缘与情感是不能分开的，即使是无情的事物也可以成为有情的寄托。在这个世界上，就是再理智的人也需要情感的依靠，一个生命失落的人往往不是智识得不到满足，而常常是情感无所依托。我们心中有许多情感的油芯，却必须靠外在的因缘来点燃。许多坐过淡水火车的人，都表示这段火车象征了生命生长的历程。与火车的因缘虽了，情意却仍在，这才会感到若有所失，人与火车的关系让我们想到人与人间的情感与因缘，不也与火车十分相似吗？

无情可寄是生命的悲哀

亲爱的亮亮，人必须寄情于某些事物，才能使人生过得坦然勇毅，这是无法避免的事。当然，在我们年轻的时候，很少会想到"寄情"这样的字，因为我们要忙着课业、忙着恋爱、忙着理想的追求，实在是无情可寄。可是如果我们在青年时代不能认识自己的志趣所在、性灵所趋，等我们进入社会一段时间，婚姻、工作都稳定之后，就会很快地感受到人生的困乏与单调，接着，不仅工作的热情失去，甚至连生命最基本的追求也被消磨了。

在我十几年极端忙碌的工作经验中，看到许多无情可寄的中老年人，他们通常会展现出两种面目。一是冷酷的工作狂，他们不分日夜地工作，因为不工作使他们立刻失落生命的价值，使他们立刻陷进悲哀与无助之中。他们有许多被认为是社会的成功者，有名、有利、有权势，但我们在这些人身上看不出人的舒缓、自在、从容、坦荡的风格，这实在是令人悲悯的。

另一种是放浪的麻醉者，他们在长久上班工作后，对人生真实的价值已失去追求，甚至对工作也已经绝望，工作只是糊口的工具罢了。不工作的时候，他们在黑暗的酒色之地把自己灌醉，或者徘徊在麻将台与舞厅之间消磨最后的壮志，我们在这些人身上看不出人的庄严、热情、积极、承担的气质，这更加令人同情。

如果是一个具有热血与理想的青年，进入一个新的工作，就会觉察到自己的上司或同事有许多这样的人，这还是好的，更糟的是，我们会很快发现许多主管是人格猥琐、道德沦落的人，他们不是无情可寄，而是把大部分的心力用来斗争、争宠、互相构陷，却又自以为得计。看到这样的人，会使我们愤懑、不平，甚至捶胸顿足，我在青年时代就时常是这样的心情。

我相信，没有任何青年希望自己变成那样的人，可是为什么现今的社会竟有这么多那样的人呢？说穿了很简单，就是四个字"无情可寄"。

自己有一片清朗天地

现代的城市生活，其实是很不适宜人的生活，过度的忙碌使城市人都像热锅上的蚂蚁，被一种不可控制的匆忙节奏所主宰，每天的时间都被零碎地分割，很少人可以从容地过日子。再加上极度泛滥的物质诱惑，使人习惯于追求感官的生活，并误以为感官的生活才是精致的生活，大家拼命地忙，舍身地工作，无非是要换得感官的满足。还有，人人崇尚比较，从衣服的牌子、薪水的数目一直到房子、车子，无一不比，几乎没有人能安于现状、满足于生活，于是，大部分城市人都像走马灯，转个不停。

亮亮，我在城市里的生活，到今年正好二十年，比我在乡下的岁月还长得多，早年依靠呼叫器与紧急电话过日子，到如今想起来还心惊肉跳。我之所以没有变成非常忙碌、极端感官、崇尚比较的城市人，到今天还能维持独特的风格面貌，未曾被这个城市"同质化"，就是因为落实了年轻时对志趣与性灵的追求，即使在最忙碌工作的那几年，我都没有放弃创作的工作，以及对人类文化终极的关怀。这可以说是我的"寄情"。

寄情，不是在外面寻找寄托与慰藉。

寄情，是在转动的世界中，有自己不变的内在风格；是在俗世的花草中，有自己一片清朗的天地。

但是，寄情也不是与外在环境无关，譬如说生活在乡野的人，若要寄情于山水，心中必先有山水风格；生活在城市的人，若要寄情于人文，心中必先有人文气质。若无山水风格，则不能见山水之美；若无人文气质，则不能触及城市的心。

我非常赞同在年轻的时候，就能有所立志，因为有所立志，则可以开发出人心里无限的创造性，有了创造性，则不论从事什么职业，无论职位多么卑微，都能建立一个平坦、自然、无怨的生命态度。

拯救城市人的心灵

今天我们居住在城市工作、生活，心里多少有一些无奈，但必须认识到我们为何选择城市而不选择乡村山野的生活，或甚至避居于山林深处。如果我们住在城市，只是因为城市比较容易谋得三餐、城市比较能享受生活，那么我们的生命意义不免会沦于狭小浅薄的境地。

我们不是为了这样而选择城市生活，我们应有更高越的胸襟。

亮亮，至少对我来说，住在城市比较能让我完成一些对人、对文化、对创造的奉献，甚至是在更混乱的环境中来完成自我。城市虽是复杂的、多变的、欲望的、罪恶的地方，但在这些碰撞之中，会有火花产生，这些火花可以让我们反省人性，知道人不屈的自尊与独立的风格多么重要，并使我们知道要拯救人类的心灵，一定要从城市人的心灵救起。

最近，我常在星期天看一个美国电视影集，这个影集台湾译成"铁胆柔情"，但原名是"城市之心"（*Heart of the City*），它是一个纽约警官的故事，这位警官把自己看成是城市的心灵，企图用自己的热血与勇气来拯救一个罪犯充斥的城市。就是十岁的小孩子也看得出，这个小警官尽一生之力也不能完成他的志业，甚至还要付出比他的同事更大的代价（他的妻子就是被歹徒枪杀的）。

但是，它的感人之处就是在他永远不能完成志业而永不放弃，他的热血与勇气使他有独立的风格与卓越的志气；纵使这个城市会继续败坏下去，而一个警官的奉献是使这败坏少一些、慢一些的力量。

这种不可及的、伟大的理想之坚持，就是他的"寄情"，并不是处在罪恶的城市而使他有这种"寄情"，而是因为他先有了这样的人格，不论他从事什么职业、担任任何职位，他都会成为"城市之心"。

亲爱的亮亮，我相信你将来也会在城市求学、工作、生活，甚至把城市作为自己的根。我希望你在青年时代就能确立一些风格与情调，让自己也成为城市之心。我也深信你到了我这年纪，经验许多沧桑，看过许多的迷失与堕落，仍能在静夜独处时，听见自己青年时代跳动的心脏的声音，感觉热烈的血液仍在胸腹流动。

　　人人都可能是庸碌单调的城市人，人人也都可能成为城市之心，你愿意怎么样来选择呢？

文章辜负苍生多 🦐

　　到南部的农田，发现农夫也为着缺水而苦恼，原本用来灌溉的圳沟已经干涸，农田中一丝水也没有，水田已经变成旱田了。

　　这一期的稻作迟迟不敢播种，原因是冬季南方干旱，种了也是白种，再加上听说过一阵子要采取农田的限水措施，耕种无用，只好休耕。

　　农夫告诉我，可能会种一些番薯或花生，以便无米可吃的时候还能充饥。他说："那些做官的、决定政策的、上班的人，不管水灾、旱灾、地震、台风，都有薪水可领，他们很少会管我们的死活，就像现在，他们可能一边吹冷气一边喝咖啡研究着限水的措施呢！"

　　从南方的农田回来，正好是中秋节，沿着火车两边，看到许多农夫犹在农田辛苦工作，他们没有节日、没有休假地耕耘，只是为了基本的生活，不知道那些吹冷气、喝咖啡、决定政策的人会不会设身处地地为他们想一想？

我想到从前跟随父亲下田的少年时期，曾经抄录了许多关于基层劳作者辛苦工作，而有钱有闲者难以体会的诗歌，每在静夜读之，内心常为之戚戚。

有一首施耐庵在《水浒传》中的诗歌，最能表现此时此景：

赤日炎炎似火烧，
野田禾稻半枯焦。
农夫心内如汤煮，
公子王孙把扇摇。

在火烧一样的旱田里，田中的禾稻一半已经干枯了，农夫的心像在热汤里熬煮，那些公子王孙还在摇扇纳凉哩！

还有一首是写渔民生活艰辛的，是明朝孙承宗写的《渔家》：

呵冻提篙手未苏，
满船凉月雪模糊。
画家不解渔家苦，
好作寒江钓雪图。

用热气呵手，提篙的手还是冰冷僵硬的，船上的月色凄冷，照在模糊的雪上。可叹那些画家不能体会我们渔民的苦，老是喜欢画"寒江钓雪图"呀！

这首诗读来感触极深，对我们时常把"寒江独钓"看成是很高境界的知识人，无疑是当头棒喝！

这还是好的，唐朝李绅有一首《悯农诗》：

春种一粒粟，
秋收万颗子。
四海无闲田，
农夫犹饿死。

显得多么悲切恸心！

古来，时常把自己转换成劳动者的诗歌很多，或者是以小人物的观点来发出生命的悲叹，或者是希望唤起

"公子王孙"对百姓的怜悯。

例如宋朝诗人张俞写的《蚕妇》：

> 昨日入城市，
> 归来泪满巾。
> 遍身罗绮者，
> 不是养蚕人。

昨日在城市里绕了一圈，回来后眼泪流湿了手巾。全身穿着上好丝衣的人，没有一位是养蚕的人呀！

大诗人白居易曾写过一首《卖炭翁》，其中有这样几句：

> 满面尘灰烟火色，
> 两鬓苍苍十指黑。
> 卖炭得钱何所营，
> 身上衣裳口中食。
> 可怜身上衣正单，
> 心忧炭贱愿天寒。

　　卖炭的老头子身上的衣服多么单薄啊！但是心里忧虑木炭的价钱太贱，宁愿天气更冷一些。

　　我们如今读这些诗句，仍感到深心恻恻，时代虽然不同，情境并未改变，每次想到平凡百姓的艰辛生活，诗歌就像活着一样，从记忆中流了出来。例如读到母亲卖掉亲生女儿去当雏妓的新闻，就会想起一首清朝名妓邵飞飞写给母亲的诗歌《致母》：

> 挑灯含泪叠云笺，
>
> 万里缄封报可怜。
>
> 为问生身亲阿母，
>
> 卖儿还剩几多钱？

　　女儿夜里挑灯写信给母亲大人，是为了把万里外我的可怜缄封寄给您知道。还想要问最亲爱的生身母亲，您把女儿卖了的钱花光了吗？还剩多少钱？

　　这首诗轻轻地朗读，总会令我眼湿，远望云山，想到有许多父母为了自己的生活，甚至为了买新的公寓，把亲生的女儿贱卖糟蹋，那情景，古今中外并无差异。

　　作践自己女儿的父母，与不能体会平民百姓的官员又有什么不同呢？有时到四乡走走，深知民众生活之苦，希望能写一些文章，唤起大家的关心，这时才会知道文章多么无力，志气多么难伸，从前有许多诗歌就是写这种心境的，宋代诗人杨万里的《戏笔》："野菊荒苔各铸钱，金黄铜绿两争妍。天公支与穷诗客，只买清愁不买田。"宋朝才子吕蒙正的《祭灶诗》："一碗清汤诗一篇，灶君今日上青天。玉皇若问人间事，乱世文章不值钱。"

文章除了买清愁之外，又能买什么？在这混乱的世间，谁会重视文章的价值呢？每次在无助的时候，就会想起两句诗来：

三日不书民疾苦，
文章辜负苍生多。

为了不辜负天下苍生，就心甘地与大家共同走着挫折与崎岖的路，时而含悲忍泪，时而悲怆心痛，这可能是古今文学家共同的路吧！

火车正在田野奔行，我的心还系在那弯着腰的农夫身上，他蹲俯在田间，苍白得像一只鹭鸶，渺小得像一粒稻米呀！

吴郭鱼与木瓜树 🍊

吴　郭　鱼

十五年没有和哥哥一起去钓鱼了，哥哥说："难得放假，一起去钓鱼吧！"

我们幼时时常一同钓鱼，总在屋后竹林中泥泞地面挖一些小红蚯蚓，那是最好的钓饵。有时找不到红蚯蚓，就捞粪坑里的蛆虫洗净，置放在装了米糠的桶中。因此我询问他："我们再也找不到蚯蚓和蛆了，用什么当饵呢？"

"这容易，烤两个番薯就行了，现在去的鱼池，即使用草根当饵，鱼也会上钩的。"

在我们出发的路上，哥哥告诉我，我们要去的鱼池原来是一片稻田，因为种稻没有收入，农人将之改成鱼池，养殖吴郭鱼。现在吴郭鱼也便宜得不像话，光是养殖及捞取的人工都赚不回来，如果要填平再种稻更是费神费事，因此鱼池的主人丢下鱼池不知何去。这座鱼池完全被弃置，甚至连钓鱼的人都很少来了。

哥哥说："吴郭鱼是很耐命的，即使没有人养，它们也快速地生长和繁殖，到现在，鱼池满满的鱼，甩饵下去都会打到鱼头哩！"哥哥笑起来："所以我说饵没有关系，这些鱼饿了很久，你随便丢一根草都是抢着吃的。"

这番话对我是最好的安慰，哥哥素来知道我钓鱼技术不甚了了，说话不免夸张，使我对钓鱼产生一点信心。我们提着钓具，从柏油路上转入一条土石满布的产业道路，两旁全是正在蓬勃生长的香蕉树，偶尔有一些刚插过秧的稻田，还种了柑橘与木瓜。

我们小时候常在这一带嬉戏，以前是一望无边的水稻田，一直连到远处的小山下，甚至依山而上还有几畦绿色的稻田。现在稻田正日渐退缩，其实也不因为政府鼓励转作，而是在鼓励转作之前，稻米就已经无价无市，农人们不得不改植其他作物，转作的作物各自不同，算是在无路里，各自赌赌自己的生计。

产业道路的尽头就是鱼池，主人在平地上原有稻田，山坡上也有稻作，为了转营鱼池，他毁弃了稻田，请挖土机挖成鱼池，就着原来灌溉的小溪蓄水，就那样从农夫变成渔民。"稻子的收入真的那么不堪吗？"我问一直在乡下教书，闲时帮忙耕种的哥哥。他说："讲起来很少人能相信，一甲稻田扣掉开销，只能净赚一万多元，还不如工厂工人一个月的薪水。"

至于鱼池，原本是很好的行业，可惜最近一阵子消费方向改变，爱吃吴郭鱼的人少了，一般人觉得这种鱼并不高级，听说在乡下市场里，一条鱼还不到十元的价钱。

我们摆好钓具，哥哥说："这些鱼已经很久没有人养了，我用草茎钓给你看。"他随意在池边拔起一株草，折下一段草茎钩在鱼钩上，用力甩下鱼池，落下的草引起池中的鱼一阵骚动，全部蜂拥而来。不到三分钟，哥哥收钓竿，钩上正钓着一条肥厚的吴郭鱼，哥哥说："你看，这鱼饿得太久了。"

"怎么还长这么肥？"我问。

"听说为了加速鱼的生长，他们在鱼池里加荷尔蒙，现在大概荷尔蒙还未消失呢！"

我们在鱼池边静默地钓鱼，那鱼是我看过最容易上钩的鱼，连我这么多年没拿过钓竿的，常被取笑与鱼无缘的人，也眼睁睁地看着鱼一条一条地上钩，可不知道为什么，心里非但没有钓者那种收获的愉快，反而有一种说不出的哀伤之感。想到这样的一池肥鱼，在物资匮乏的年代实在是求之不得的，二十几年前的乡下，桌上只要有一条鱼下饭，是家庭里一件了不得的大事了。现在连吴郭鱼都没有人要吃，养鱼的人甚至弃养，即是如今，住在都市的人也不能想象如此的景况。

最不堪的是，这鱼池还是从稻田转作的，鱼贱如此，稻米也可想而知，怪不得哥哥每从田中回来，时常感慨地说："以前人说士、农、工、商，这个秩序要重新排列，现在是商、工、士、农了。"

农作的艰辛是历千年来都如此，但农价之贱恐怕是千年所未曾有。我父亲爱说笑，有一次他从花市回来，说："想不到十斤米的价钱才能买一把玫瑰花。"他觉得好笑，我们却都听到笑中有怨怼之意。说花还是远的，一双孩子的小鞋，也是几斤米的价。

有时返乡会陪母亲到市场，才发现都市里的菜价远是乡下的数倍，我的伤痛是：如今交通这样便利，为什么都市与乡村的农作物价格有那样大的差距？总会想想那中间的一段差距是怎么来的。乡下的香蕉一斤卖不到一元，在台北市却从未少过十元，难道经过一截高速公路，可以使香蕉价成长十倍吗？

钓鱼时想这些，与哥哥也时相讨论，但没有结果。吴郭鱼是无知的，它们频频吃饵上钩，才一个下午的时间，我们整整钓了两大水桶，恐怕有三四十斤。哥哥发愁起来说："这么多鱼怎么吃？"我说："这还不容易，送给亲戚邻居不就好了？"

回到家，我热心地将新鲜的鱼装袋分开，提去送给左邻右舍，才发现表面上他们很是感激，其实每人都面有难色，我也想不出其中的道理，后来住我家前面卖衣服的妇人对我说："唉！你送这些鱼给我们添麻烦，这种活鱼在市场里十块钱两条，鱼贩还帮你杀好，去鳞，清理内脏。你送给我们，我还要自己动手杀鱼，我已经好几年没有杀鱼了。"

我坐在小时候写字的书桌前，想到那送鱼的一幕，禁不住心口发烫，好像生病一样，才深深体会到弃鱼池而去的主人真正的心情。

木　瓜　树

堂哥由于香蕉生产过剩，被运去丢弃的打击，去年狠下心来，把几甲地都改种了木瓜。改种木瓜的理由很简单，因为木瓜与香蕉的生长环境相似，不会因为不懂种植而失败，木瓜的瓜价虽然不高，但还比香蕉有一点卖相。

堂哥在农作里已打滚了二十年，种作的技术无话可说，他的矮种木瓜长得出乎意料的好，春天才种的，当年冬天已经结实累累，心里正在高兴木瓜的收成，后来找到收买木瓜的人来估价，才知道高兴得太早。

一斤木瓜，在乡下的田里估到的价钱是八毛钱，"八毛钱？"堂哥听到了从椅子上跳起来，他说："现在给孩子一块钱的零用，孩子都不肯收了，因为一块钱根本买不到一粒糖，我的木瓜长这么好，一斤才八毛！你有没有说错？"

买木瓜的人苦笑着说："不是我的价钱低，这是公定价，你觉得太低我也没办法，就找别人来估好了。现在木瓜盛产，你的木瓜如果撑到春天，一斤可能卖到三五元也说不定。"

　　堂哥说："木瓜已经熟透挂在枝上，怎么可能等到春天？"

　　然后他另外找人估价，果然八毛是"公定"的价钱，甚至有一位只估了六毛，理由是："现在木瓜大部分得病，根本没人要，如果你不赶快脱手，等传染了病，一毛钱也卖不到。"

　　堂哥不禁颓废起来，他算一算，请工人来采，一天的工资是三百五，如果工人一天能摘四百公斤的木瓜，连本钱都收不回来，而一天能采三百公斤的工人也是不多见的。"要自己采嘛！还不如去给人当工人省心。"他说。

　　堂哥的木瓜于是注定了它的命运，原封不动地让它在树上腐烂，然后通知亲戚朋友，谁想吃木瓜、卖木瓜，自己到园里去摘，同时也欢迎亲戚朋友通知亲戚朋友，可是木瓜太多了，大部分还是熟透落在地上。

　　我回乡的时候，听到这个消息，便到堂哥的木瓜园去，随身带了小刀，坐在木瓜树下饱吃了一顿。那些红肉种的木瓜，汁多肉饱，在台北，一斤没有二十元是买不到的。我坐着，看落满一地的木瓜，有的已经血肉模糊地烂在地上，有许多木瓜子还长出小小的芽苗，忽然体会了堂哥的心情——听说他已经很久没有步入木瓜园了，当一个人决定毁弃他辛苦种作的果实之后，恐怕是不忍心再去面对的。

遇到堂哥的时候，我问他："这些木瓜园以后要怎么处理呢？"他忍不住愤愤："让它去烂吧！我已经没有心情再耕种了，因为不知道要种什么好！"我告诉他台北一斤木瓜二十元，他笑了："木瓜一斤十元的时候，台北是二十元，一斤八毛的时候，台北也是二十元，这是我们农人永远不能理解的事。"

幸好堂哥除了种地，还在一个合作社上班，否则今年的生计马上要陷入困境。当天下午，堂哥带我去看一个农人的集市，许多农人用小货车载他们的农作物到市场来叫卖，一个三四斤重的高丽菜是五元，三个十元；一条一斤多重的白萝卜一元，七条五元；还有卖甘蔗的，一捆（大约有二十几根）二十元，三捆五十元。农人们叫得面红耳赤，只差没有落下泪来。至于番薯，则是整袋地卖也没人问津。堂哥对我说："在这里，你拿一张一百元的钞票，可以买一车回家，可是一百元在台北只能喝到一杯咖啡。一杯咖啡能买到一百根甘蔗，说起来城里的人不会相信。"我想，如果不是亲眼目睹，我也不会相信的。

我问："农人还有什么可种的呢？"

堂哥摇头，黑红的脸上一阵默然，并未回答我的问题，而说："你看我们这个乡下，游手好闲的青年愈来愈多，小流氓简直比农作物长得快，原因不是没有田种，而是没有人肯种田，因为如果去开计程车或到工厂做工，每天都能领工钱。如果种田呢！一年后才有结果，这结果可能是一毛钱也赚不到，反而赔了老本。"

我自己在新闻桌上，有时看到某地某物丰收，常常看到"农业充满光明远景"这样的句子，或者"农民生活显著改善"这样的标题，心中不免一片喜乐，因为我是农村长大的孩子。如今看到真正的农田，其间还只不过十年不常回乡，真不敢相信农业凋敝如此，心里的难过实在难以形容。

十几年前我听过一位教授演讲，讲到农民种地实在只是消遣的副业，因为如果不是消遣，谁能安于一个月只有一两千元的收入时，曾经愤怒地离开演讲会，现在回想起来倒觉得他言之有理——如果不是消遣，谁会种地呢？

写这些的时候，我看到从堂哥的木瓜园摘来的硕大木瓜，静静地躺在桌子上，它一言不发，在乡间微弱的日光灯下，竟红艳退去，一片惨白。

我静默地看着那个木瓜，赫然发现昔时农村夜深的叽叽虫声，现在也一声都听不到了。

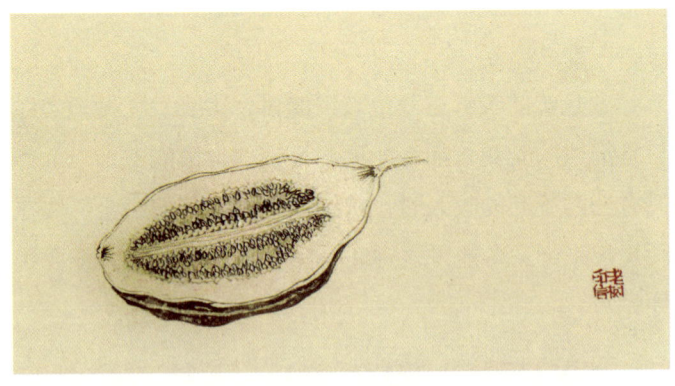

现代人的三个大病

　　我认为生活在重商社会的现代人，最大的三个病是：一庸俗，二复杂，三烦恼。

　　庸俗之病来自在感官欲望中浮沉，不能超越。

　　复杂之病来自被外在事物所扰乱，不能单纯。

　　烦恼之病来自从内在思想生波动，不能平静。

　　三病其实只是一个病源，就是外面的资讯太发达了，使我们生出更大的欲望，以物质的追求与拥有来作为人生价值的标准，焉得不庸俗？也由于外在的资讯太有侵略性了，使我们忘却原是自己的主人，忙着分析、评论与比较，焉得不复杂？更由于外面资讯太无孔不入了，使我们每天东看西看：那个人比我有钱，这个人比我有权势；那个人比我有才干，这个人比我美丽。于是生出内在的许多贪婪、嗔怨、愚痴，焉得不烦恼？所以，我常常想，减少接触过多的讯息，就可以增加人生的平安。

也许有人不以为然，但我见过许多这样的例子，譬如住在乡下的人虽有欲望，其欲望却远不如城市人，因为他不必和人比汽车、比名牌、比房子，他也没机会天天看大百货公司打折的招牌或甚少有机会到餐厅大吃大喝，他的欲望自然简单得多，烦恼也就少了。譬如我们小时候家里穷，从来不敢向父母要玩具，甚至也不知道世界上有叫作"玩具"的东西，自然不会像现在的孩子因要不到玩具而怨愤填膺了。譬如我认识很多不识字的人，他们从不被资讯干扰，生命的烦恼简单得多，生活就单纯得多了。

乡下人、穷孩子、文盲之所以过简单生活，是为环境所迫，有时做不得准。然而，如果一个受过良好教育的城市人，又有很好的收入，仍不免犯庸俗、复杂、烦恼之病，思有解脱之道，能够回头学习乡下人、穷孩子、文盲的方法，是很不错的。

我想到中国禅宗最关键、影响最大的人物：一是禅宗初祖达摩祖师，他到中国来竟不到处行走，而到河南嵩山少林寺面壁九年，不把时间花费在文字与知见上；

一是禅宗六祖慧能，他根本不认识文字，他曾说过："下下人有上上智，上上人有没意智。"

达摩与慧能后来也曾引用经文来表达禅心，不过大部分的说法都是由自我心田流出。达摩有《入道四行论》，慧能有《六祖坛经》传世，总共加起来没有几个字，但是后世的大禅师无不依承达摩、崇拜六祖，他们的思想言论也都不出《六祖坛经》的范围。

这是多么富有启示意义呀！一个是面壁不语的壁观婆罗门，一个是一字不识的樵夫，正是最有智慧、大开大合、惊涛骇浪的禅门宗祖，想来要越过资讯，才能认识本来的心源，不是没有道理。

在禅宗里，这叫作"不知最亲切"！

水牛故事

在乡下，陪母亲上菜场，发现竟有两个卖牛肉的摊子，心里一惊非同小可。

"这摊子已经有很多年了。"母亲说，虽然她这辈子没吃一口牛肉，倒仿佛已经包容了这两个摊位。

从卖牛肉的摊子，几乎使我看见了牛的历史。

我幼年时代，居住的乡镇极少有人吃牛肉，偶有一两位吃牛肉的乡人，也被看成是残忍的异端。那是因为家家户户都养耕田的水牛，人和牛感情深厚，谁忍心吃牛肉呢？万一不得已卖牛给人宰杀，也要赶到外乡去卖，卖的时候水牛也有知，往往是主人陪着水牛流泪。

我上学的时候，有外乡人来卖沙茶牛肉、牛肉火锅了，有些人开始吃牛肉，这些人大多是田里率先用耕耘机，或在街市开店的人。

　　初中，有外省人来卖牛肉面、牛肉饼、牛肉饺子，还开了店面，这时田里的水牛逐渐被淘汰，人和牛的情感随着淡了，吃牛肉的人于心有愧，也无可如何。

　　现在，市场里有牛肉摊了，街上还开了几家牛排馆，乡人竟养成了吃牛肉的习惯，好像吃牛肉是天经地义的事，何况专家说牛肉比较营养卫生！现在，我童年乡下全镇只有一头水牛，有很多孩子没看过水牛了。

　　吃牛肉究竟是吃黄牛肉、进口牛肉，水牛还是没人吃的，最近又有专家提倡吃水牛肉，说水牛的肉质不比进口的差，老一辈人听了大骂："伊娘咧！"妇女听了大叫："俺娘喂！"

　　中国农民不吃牛肉是一种美德，那是感恩与同甘共苦之情。如今，感恩的心失去了，甘苦之情失去了，怪不得农田里年年有悲歌，因为对土地的爱也年年和水牛一样，在失去着。

亲族

　　一代亲，

　　二代表，

　　三代散了了。

　　两个月前，我到澎湖文化中心演讲，下了飞机，在机场遇到一位身高一米八几的青年小伙子，穿着笔挺的军服，热情地喊我叔叔，我仔细端详，才看出他是堂哥的儿子。

　　"才几年没见，长这么大了。"我心里嘀咕着，想到闽南语形容孩子的成长有一句俚语说："好像吹风的一样。"

　　想到二十年前我初到台北，就住在堂哥家，这小家伙刚刚诞生，我还时常把着他尿尿哩！现在竟高出我一个头了，要不是他叫我，我还不敢认他。

两星期前，我走在台北的忠孝东路，突然跑出一个少女挡住我的去路，唤我"叔公"，我大吃一惊，以为她叫错人了。

"没错，没错，你是林清玄，你是我叔公。"她开心得不得了。

查询半天，原来是我表哥的孙女，我舅舅的曾孙女，她要叫我的母亲"姑婆祖"。把关系弄清楚之后，在车马奔腾的台北街头辞别了。沿路我一直在想：以后我还会有因缘遇到这位晚辈吗？同时我的心中十分感叹：我还不到四十岁，竟已做了"公"字辈，这都是拜亲族之赐，我的父亲有八个兄弟姊妹，母亲有九个兄弟姊妹，四代下来，人数恐怕早就超过千人了。

不久前，弟弟结婚，许多很久不见的亲戚又回来聚首，看着这些亲族里的人成长、老去、凋零的景况，真是令我感到无常逼人。吃过酒席，母亲提议要照家族相，光是集合、整队、排列就花了一个小时的时间，母亲的理由是："大家相聚的时间难得，应该拍个照片做纪念，这样以后的子孙辈才知道大家是亲族呀！"

夜里，与母亲聊天，她说了一句台湾俗语："一代亲，二代表，三代散了了。"意思是亲戚会日渐疏远，到第三代，大概就互不相识了。然后她说："以后家族有什么活动要常回来参加，大家要珍惜呀！"真的，亲族虽然血缘深厚，也要靠大家的珍惜才可以维系。

我的孩子有一天突然问我：

"爸爸，你和你爸爸的姐姐的堂弟的表哥的爸爸是什么关系？"

我一时瞠目结舌，无法回答，正在苦思，他哈哈大笑："是亲戚关系，别想得太远！"

小鬼头，原来又拿"脑筋急转弯"来考我。

一表三千里，在这么长的世代里，说不定在身旁擦肩而过的陌生人里，就与我们有血缘的关系，大家应该互相珍惜，因为四代以前，谁知道呢？

秋日离离，冷流已经弥漫到城市里来了，我沿街散步，正看到一队抗议示威的人群，思及在互相抗争、冲撞、残忍对待的人之间，说不定就是我们的亲族呢！这样一想，使我有点忧伤。

野炊

一次远行回来，家左近的大平房已经被夷为平地了。那平房原本是附近大楼中唯一的三合院，有一座巨大的花园，铺满朝鲜草，还种了桂花、夜来香、玫瑰、茶花等四季花卉。花园连着屋宇，围绕屋宇的，是一堵齐胸高的围墙，墙上密密麻麻的九重葛，显示出这是一家颇具历史的宅院。

园子里还有几棵高大的榕树，有时主人会坐在树下喝茶乘凉，房屋虽已老旧，但保存得很好，白墙红砖仍然相当精致。偶尔遇到从屋里出来的人，无不是文质彬彬，礼数有加，令人称羡。

那一户人家，无疑是我们这些"大楼居民"最羡慕的一家，因为这年头在都市里，能住在有花有树、有土有草、有围墙有屋瓦的房子里的人，实在太少了。有一回遇到那家主人，我向他表达了心里的羡慕之意，想不到他的回答令人意外。

他说："本来住在这里是不错，可是自从这一带成为黄金地段以后，大楼连云，你看前后左右都是大楼，我们从早晨到黄昏，只有中午才照得到阳光，住在没有阳光的地方有什么意思呢？我还羡慕你们住在大楼里的人哩！至少不管早晨或黄昏，总能见到阳光。"

我以为那只是主人的谦虚之词，没想到一趟旅行回来，他的房屋花园只剩下瓦砾一堆，花树也尸骨无存了，一家人不知搬往何处。过了几天，原来的红砖围墙变成一面铁墙，写着"某某建设公司"的字样，只留下南边一面的空隙，盖了一座工寮。

我有时候散步从那里经过，总是禁不住怀想那座庭园的旧日时光，它在脑海中印象鲜明，却再也不能找到曾有美丽花园的证据，甚至连一株草也未曾留下。心里莫名的有一种失落，那不是我的屋子，也不是我的花园，只是这个时代为什么就不能容许一个像样的花园的存在呢？

不久之后，南面工寮住进一群工人，他们辛勤地为大楼打着地基，中午只吃简单的便当。黄昏下工后，他们的晚餐就饶有兴味了。因为居住空间窄小，他们只好在瓦砾堆上烧饭做菜，趁着夜色尚未来临，众人围着晚餐，喝着米酒，一餐饭常常吃到夜深，黑暗中有着笑语。

我时常站在一旁看他们晚餐，工作服尚未换过的妇人忙碌地野炊，热腾腾的饭菜摆在缠着电缆的巨大木轮上，在深秋的黄昏看起来特别可口。他们看见我也点头微笑，时日已久，其中的一位年长者邀我一起共进晚餐，他说的是农村里相互问候最简单的话："吃饱未？做伙来！"

那夜我与他们共进晚餐，同用粗碗喝着米酒，才知道这些建筑工人都来自农村，都有亲戚关系；以一家人为中心，另外有堂兄弟，还有叔侄，有的做土水，有的叠砖，有的架鹰架，分工合作，在都市里打天下，因为在外地互相照应，感情也特别好。

至于他们离乡的原因，多是乡下的农田收入不敷，只好举家到城市讨生活。他们的生活其实很简单，一栋大楼盖完换一栋大楼，就像游牧民族；不同的是，游牧民族逐水草而居，他们逐工地而居；相同的是，心情上都有流浪的准备，随时迁徙。

我们谈起一些乡下的事，这些人在乡间都拥有自己的房子，都是平房，屋前有庭院，屋后有农田，有一个四野开阔的世界。他们却舍弃那样的天地不要，一群人挤在二十坪不到的地方，连个厨房都没有，天天在瓦砾堆上野炊，与旧时农家四处升起炊烟的温暖真是不能相比。

野炊是有趣的，可是天天被逼着野炊，让人多少感到难过，万一刮了风下了雨，只好全家挤着吃便当。只要发了工钱，就全家到摊子上吃一顿，打打牙祭——这种生活，恐怕是仍留在乡村的人无以想象的。而更令我难过的是，都市的进展不但使城里的人失去花园，连一些乡村的人也失去他们的土地了。这种失落，在表面上看当然是无伤的，城里人有大楼可住，还能享受早晨或黄昏的一点点阳光；乡村人还能住建筑工地，夜夜还能野宴，可是总好像缺少了什么。从大时代的角度来看，是失落了整个时代的花园，甚至也失落了人生在心头里的花园。

"花园的失落"是这个时代共同的悲剧，不论在城市或乡村，几乎都无法避免。我告别在野外吃晚餐的"都市农人"，走出长长的巷子，心里这样悲哀地想着：有一天，恐怕连一个快乐野炊的地方都找不到了。

月桃花的心事 🌸

　　从石门水库①往阿姆坪②的路上，整座山魔法似的开满月桃花。月桃花的形状真像米色滚黄边的一串风铃，沿途走去，仿若有千万串风铃随风摇响，山音清脆，天地高远。挂着风铃的月桃花梗，笔直但不规则地探向天空。

　　风铃一样的野生月桃花，有什么花可比呢？平地上温室里的花是不能比的，大概只有花东公路两旁一长列展开的野百合，或者是南横公路两侧的野姜花，或者是澎湖小岛上遍生的天人菊，甚至长在中南部山坳中的美人蕉，它们的生命力才能和月桃花比拟吧！

　　在阿姆坪半路上有一座白色凉亭，亭中一位老妇正

---

　①　石门水库：位于台湾大汉溪中游，横跨龙潭、大溪两个乡镇，因溪水出口处有两座小丘对峙，如同石门而得名。
　②　阿姆坪：位于台湾桃园，石门水库中游的右岸。

在出售她在深山种植的竹笋，笋色白嫩，真像雨后的山岚。我在凉亭中买了竹笋，并迎风眺望微微雨湿的潭水，游湖的船自潭面滑过，偶尔也漂过一两艘细瘦的风帆。

就在观赏的时候，我发现凉亭方圆半里竟没有月桃花。连绵不断的月桃花在那里突然如断线一般，杳然无踪。我沿着凉亭两侧散步，发现处处都有攀折的痕迹，残断的花梗无声垂落——所有的月桃花全被折走了。那种心情像是多年前，我不小心跌落了一串心爱的玻璃风铃，碎片一地。

我向卖竹笋老妇问起关于月桃花的事。

她说："有很多爱花的人，他们每到凉亭休息，就在四周折几株月桃花回去呢！尤其是春天，来的人多，没几天就采光了。先生，你也爱月桃花吗？那可能要往下走一公里才摘得到了。"老妇指着山弯折过去的地方，微笑地说。

老妇的话让我疑惑，那些来游玩的人，为什么在店里买玫瑰花还不够，要来破坏山上的月桃花呢？月桃花若活在山上，它会开花结子、遍地落生，一串花可以长出数十株新苗，而在家里的花瓶中，花只是花，两天就萎谢了。

　　后来老妇和我说起阿姆坪原来的名字吟"鸭母坪"，因为有许多人饲养的和野生的鸭子，现在鸭子都不在了。鸭子在哪里呢？在人的腹中，人正坐在湖心的船上游湖呢！我想，连月桃花都保不住，鸭子当然是活不下去的——因为看到月桃花不动心的人很多，看到无人饲养的鸭子而不食指大动的中国人恐怕很少。也侥幸市面上还没有卖月桃花的人，凉亭半里外的月桃花还能迎风摇曳，否则大概整山的月桃花都被采光了。

　　到了有名的阿姆坪，怎么形容那个地方呢？人山人海、摩肩接踵，几乎让人不能好好地走路。游湖的人从谷底排队到坪顶，有的手里还提着播放流行歌曲的录音机。

　　整个阿姆坪几乎没有一块干净的土地，处处都是垃圾和人留下的残渣。尤其是昨夜露营的年轻人拔营以后的营地，到了惨不忍睹的地步。

　　就在那些垃圾堆里，我看到凋残的月桃花踪迹，本来一串串滚圆的花，一朵朵干瘪地碎了一地，那些"爱花的人"离去了。他们竟连月桃花都不肯带回家，孤寂萎坏的月桃花没有眼泪、没有哭声，它们就那样安静地在垃圾中死亡了。有许多被踏黏在地上的已经模糊而不可辨。这些本来可以在山中结子、落地重生的月桃花，竟因为人无意的过失，失魂于乌有之乡！

由于有翠绿的山、广阔的土地作背景，月桃花的美实在不是花店的花可比，可惜因为它生得太多，枝梗强悍，竟被看成是卑贱的花，可以任意摧折，随地遗弃，那些丢掉月桃花的人恐怕永远不会为青山美景的破坏而悔罪。人如果踩坏了一亩玫瑰，恐怕会被同声斥责，日夜难安，为什么人破坏了一里长的月桃花，却能视若无睹呢?

听说花东公路的野百合、南横公路的野姜花近年被游客摧折得几乎找不到踪迹。我想，终有一天，同是大地赐予的月桃花，也会和它们命运相同，逐渐失去土地，往山的最顶端退去，只留下空谷中微弱的叹息。

我相信，只有当我们这片土地找不到一株月桃花的时候，采花的人才会怀念月桃花，或者说不定连怀念都没有，就当作我们从来没有见过月桃花。

到那时，我想问月桃花有什么心事，但是一定得不到回答，因为它没有责任对人回答，它是属于山的。

从最根深处站起来

一双未完成的鞋子

　　不管在什么时间，不管从什么地方走过，我们都很容易看到一个场景：许多人围聚在一起，看着出售货品的小小的摊位。

　　我们或者会停下来买一点东西。

　　我们或者会站着看他们卖些什么。

　　大部分的时间，我们视若无睹地走过，冷然无情地走过。

　　于是，那些生活在我们四周的人，便与我们没有任何相干。我们不知道他们的生活、他们的背景，甚至不知道他们是从什么地方冒出来的。

　　有时候，我们会抱怨他们阻碍了交通，妨碍了秩序；有时候我们会为自己在无意中买了便宜的东西而高兴；有时候，我们会问：他们大概赚了不少钱吧？

这是我们对摊贩的一般概念。摊贩虽然与我们的生活有一定的联系，他们却仿佛生活在另一个神秘的世界里，我们看不见他们的心酸，也看不见他们如何在最根深处站起来。

多年来，我接触了很多摊贩，我佩服他们面对生活的勇气。他们虽然做着最卑微的职业，但他们和生活苦斗着，光是这一点，就足以给我们很大的启示。

在写这些摊贩前，我想起了童年的经验。

七岁的时候，我用一个铜板一个铜板攒起来的钱，在小镇街边的摊贩上买了一盒油彩。回到家里，我把十二种颜色的油彩一条条挤出来观察，当色彩从管子中出来的一瞬间，我领悟到了人间的色彩，那种色彩的感觉一直跟随我到今天。

然后我想，我要画什么呢？我选择了那个卖油彩的摊贩。

我便每天背着油彩坐在摊贩对街的农舍屋檐下，画那一个瘦小的老摊贩。他那穿着厚重的棉衣、戴黑色毛线帽的形象给我很大的震撼，可惜当我画到他那一双

"开口笑"的皮鞋时，一个警察走过来把他赶走了，致使我童年的第一张彩画一直没有完成，以后我再也没有见过那个老摊贩。

我每天孤独地站在未完成的画前面，为无法给最后的那一双鞋子上色而痛苦不堪。我甚至为他流泪了。

他会到哪里去呢？他还会卖油彩吗？

我疑惑而难过地思念着那一位老人。童年那一段不快乐的经验给我日后的生活投下了很深的阴影，很久都无法散去，也使我对摊贩怀有一种特别的情愫——这些生活在社会最底层的"游牧民族"，在我内心投下了特殊的印象。

每当我遇见一个摊贩，童年的印象便会浮现出来。如今我写摊贩，只是要完成那最后一抹色彩，以了却多年来的心愿。

自足地面对生活挑战

冷风呼吼的冬天，我到东部一个小渔港去。清晨，我独自走到临近海边的鱼市场去，为的是观察渔民在晨曦中如何进行他们的交易。

在鱼市场里，可爱的渔民们正在兴高采烈地出售他们的鱼。渔民们自兼摊贩，大声地吆喝着，特别让我觉得真实而感动，其中一个摊贩吸引了我。

只见他把鱼一箩筐一箩筐从三轮车上卸下来，大声叫着："来哦！新鲜的！最好的鱼在这里！"

我走过去，他转过身来，我看见他嘴角留着两撇稀朗的猫须，有一些槟榔汁还残留在唇边。他戴着一顶载满风霜的鸭舌帽，穿一双黑色雨靴，衣服沾满了鱼的腥香，最让我吃惊的是他的表情——他始终带着微笑，非常自信自足地推销他经过一夜辛苦捕来的鱼。

渔民摊贩看到我拿了相机，欣悦地微笑着，然后抓起箩筐中的一条鱼对我说："你要拍照就要拍最好的鱼，我这里的就是最好的鱼！"后来，我陪他一起卖鱼。由于他的自信，鱼很快卖完了，他高兴地收拾箩筐，哼起一首歌："透早就出门，天色渐渐光……"

渔民四十二岁了，他告诉我，他生活的信心来自他的祖先。他在幼年时便陪父亲在鱼市场贩卖自己捕来的鱼，他说："我们四代卖鱼了，当然卖得最好。"他认为渔民的生活虽然很辛苦，但是没有什么可抱怨。"我祖父、父亲都这样过来了。"

那个渔民自足地面对生活挑战的态度，给我很大的冲击。我站在原地，看他的三轮车绝尘而去，鱼市场喧嚣的声音突然隐去，只剩下他的形象在脑中盘旋。

去伤解郁，根治百病

妇女百病

心脏无力

关节抽痛

气血两虚

脚风手风

寒热咳嗽

九种胃痛

跌打损伤

五劳七伤

神经衰弱

失眠夜梦

梦泄遗精

精力不足

记忆减退

一块白布长条上写了这些用红漆写成的大字，一位神情健硕的老人正在白布后推销他的"祖传秘方"。

在南部一个小镇上，我很吃惊地站定，他那简单的药粉竟可以治愈那么多"现代病"，尤其让我惊奇的是老人坚决的神情。

他说："神经衰弱吃一包就见效，败肾失精吃两包就见效，各种胃肠病吃三包就见效。这款药粉不是普通的药粉，是数百种草药经过数十年炼成的，吃一罐治标，吃两罐治本，长期服用活百年。"

老人"去伤解郁，根治百病"的药方，竟然打动了旁观的民众，不到一小时，药箱里的药几乎全卖光了，老人得了一万多元。他收拾好行李，我和他在傍晚的街上走着，他告诉我，这种药确实有效，这是他祖先几代赖以维生的药方，可以"有病治病，无病保身"，绝对错不了。

老人已经七十多岁了，他还要将这个药方留给他的子孙，他说自己是个江湖人，每隔几天就要换一个码头。"只要带着一箱药粉，我就可以走遍天下了。"

穿着黑布鞋、黑长裤、白衬衫、红毛衣的老人，像流浪在乡间的许多江湖人一样，生命在默默的岁月中流转。

我不太相信一种药粉可以治百病，由于老人的流动性，药粉到底灵不灵也没有人检验过，但是我佩服老人的生命力。他就像他的药粉一样，在西药已经风行的今时今地，他还能坚韧有力地在乡间的每一个角落跳动。

不要忘记我们的粿

有一天我路过华西街，被路边一个三尺见方的小摊吸引住了。只见一位二十出头的年轻人和他年轻的妻子正在忙碌地包装"红龟粿""菜头粿""芋仔粿"，卖给过路的人。

他们忙碌的情景很出乎我的意料，像粿这种传统的零食，没想到现在还这么受欢迎，许多中老年人路过时就会顺便买一个粿，边走边吃。

我访问了那对年轻夫妇，他们的摊位上只点了一盏五烛光①的小灯。

他们在那里已经摆了四年的"粿摊"，收入相当不错。问他们最初的动机，他们说："有一次在外祖母家

───────────────

① 烛光：电灯泡的功率单位，即"瓦"。

里吃了粿，倍儿好吃，就想，这样的东西流传了数千年还受民众的欢迎，一定有它的道理，何不摆个摊位试试看呢？我们请教了外祖母制作方法，便尝试性地摆摊，没想到一摆就是几年了。"

那个粿摊很受欢迎，有固定的老主顾，尤其是年节庆典时更是供不应求，夫妻俩忙得不可开交。

本来沉默地站在一旁的太太说："中国人还是吃中国人的东西卡惯①。"

他们的生活没有什么烦忧，夫妻俩都认为卖粿是"前景看好的行业"。我很喜欢这对勤劳的小夫妻，他们白日在家中努力地做粿，夜里出来摆摊，生活在自足的小天地里，而且他们的粿在那里已经被摆出一点名声了。

我想，借着许多小摊贩，中国传统的吃食和民间工艺才得以保存，并在民间展现它们的活力。如果没有这些勤劳的摊贩，很可能许多可贵的东西都要失传了。

那些失传的东西像粿一样，在民间小摊贩间总会留下一些肯定的声音：

———————————

① 卡惯：闽南语，意思是"更习惯"或"比较习惯"。

"红龟粿、菜头粿、芋仔粿……这里天天卖！"

捡回掉落的鞋子

摊贩们固守自己的天地，但生活并不是很安定的。有一回，我走过台北市的一条大马路时就看到一幕令人心惊的场景。

一排卖小吃的摊贩中有一位妇人，带着一个大约三岁的女孩在卖肉羹。许多人围着摊子吃着，一碗七元，妇人熟练地从大锅里舀出肉羹，放一点佐料、一点青菜，然后端给站着喝肉羹的人。她不断地重复着那一个单调的动作，最难得的是，脸上始终带着微笑。小女孩则乖巧地蹲在旁边玩耍。

"警察来了！"

突然，在前头的第一个摊贩叫起来，所有的摊贩便惊惶地奔跑起来。妇人的东西太多，她迅速用右手抄起女儿抱在怀中，左手推着那一辆摊贩车向小巷中拐进去，许多吃肉羹的人端着碗跟着她的摊子一起跑。

很快，妇人与她的摊子消失在街的尽头了。但是，小女孩的拖鞋却因为匆忙奔跑，掉落在街心。空旷的街上，两只小鞋子显得格外凄冷。

两个穿着整齐的制服的警察走过，等他们走远了，那个妇女才蹑手蹑脚地回来捡小女孩的鞋。

她那余悸犹存的心惊样子，一时之间也让我手足无措起来，不禁觉得悲凉。

摊贩难为。他们有面对生活的勇气，但有时候，他们的自尊就像匆忙掉落在大街上的鞋子一样，要一次一次捡回来，然后穿上，以面对新的挑战。当然，警察是对的，摊贩为了求生活也没有错，那么，到底是什么地方错了呢？

从最根深的地方站立起来

每一个人都应该知道如何调整自己，以便在扰攘的尘世中立足，摊贩也不例外。他们不是生来便注定做摊贩的，因此他们必须不断地进行自我调整。

如果社会是一棵树，摊贩就是土地下最末梢的根须，我们也许会忽略他们，但是在一棵大树的成长中，他们供应了相当大的动力。

他们的自足、自信和挺然站立，使我们整个社会可以从最根深处站立起来。

　　写到这里，我又想起了童年那双未画完的摊贩的"开口笑"的皮鞋。我还是留下了最后一笔，希望能常常面对它。

无河之舟

去年冬末，我重游了台南的亿载金城。已经是黄昏了，游客散尽，小小的亿载金城仿佛一座孤独的堡垒，在向晚的安平中逐渐隐入黑暗之中。

我特别注意到金城四周围绕着的护城河。这条大约五米宽的护城河当年是用来防御侵略的，沧海桑田，如今成为游客泛舟赏景的小河。每当风和日朗，便有许多男男女女在上面泛舟嬉戏，有时候坐在沈葆桢铜像身旁都能听闻到河上散扬开来的谈笑声。

那一次到亿载金城，冬天水旱，护城河的水都干枯了，五颜六色的小舟便突然失去依靠，搁浅在河栏的四周。小舟在这个时候完全没有往昔的浪漫情调，像是一截截朽烂的木头。

亿载金城下的无河之舟，引起我的很多联想。河在过去是用来阻隔敌人的，只要河桥一收，亿载金城便是隔断了出入与往来，成为孤城。清朝中国的穷途末路之际，护城河可以反映出一道历史的创伤，也具有实质的意义。今天的亿载金城变成了一个供人凭吊的古迹，城中有游客，河上有舟，河不再是河，舟也不再像以前一样撞击我们的心灵了。

亿载金城的护城河使我想起古迹对现代人的意义。从今天的角度，小小的护城河当然没有什么作用，但是如果我们有足够的耐心去追溯那段历史，就会发现即使是一个小城、一条小河，或者一砖一石，都能让我们观见一个时代，进而使我们沉思与冥想。透过对历史古迹的沉思冥想，有时，一条河即使干涸了，对我们还具有十分重要的意义。

生在此时此地的现代中国人，正如一叶小舟，每个个体都微不足道，因为有了历史的长河就有了依靠。在这道长河的贯串下，每一叶小舟乃得以在河上徜徉、休憩，有所遵循地航行下去。

倘若没有河呢？

倘若河中没有水呢？

小舟仍然是小舟，却已经断了根源，如同树木失去了泥土，难以成长壮大。

多年来，我一直希望我们能重视古迹文物的保存，希望除非万不得已，否则不要损坏了祖先留给我们的历史文化资产，却老是为找不到一个明显的意象而苦恼不堪。在亿载金城的那一天，我终于明白了，原来古文化资产对我们就好像河流对于小舟那么重要。

回到台北后不久，知道板桥林家花园的五落大厝①被怪手②在一日之间摧毁，我痛心不已。我们现在有了科技，要把一个古迹夷为平地，有时候用不了一天，也许几个小时就能使几百年留存人们心目中的寄托尸骨无存。

更让人痛心的是，怪手伸进林家花园的那一天，附近涌来的民众不可胜数，他们不是为古迹被铲除而感到痛惜，也不是赶来看林家花园的最后一眼，而是赶来捡宝的。有的人捡到古书，有的人捡到砖块，有的人捡到雕花的门窗，有的人捡到琉璃的屋瓦，还有的人踩了三轮车去捡拾廊柱拿回去当柴烧。捡到宝的人都欢天喜地地离去，没有捡到宝的人则在那里怅然若失。

---

① 厝：在闽南语中代表房屋。
② 怪手：挖土机。

　　林家花园的事情使我想起两年前台南归仁古墓被挖掘出来的经过。我赶去的时候，归仁古墓已经被踩成平地了，甚至连墓中的棺材板都被偷走了。询问起来，附近的民众告诉我，那个棺材板是上等的福州杉，埋在地下那么多年，听说磨成粉可以当成中药治病……我不知道那块棺材板有没有被卖到中药店，不知道有没有人真的吃到肚子里，总之，那块棺材板是被偷走了。

　　破坏文化资产的事每年至少会发生一次，可见过去的毁损并没有使我们警惕，而受到教训的悔恨也没有弥补将来的过失，为什么我们显得这么无知呢？

　　多盖一间新屋、多开一条新马路何足道哉？我们在历史的纵线和时代的横线中，只不过是沧海中的一粟，是"临万顷之茫然"的小舟。如果我们不多给自己、给子孙留下一些有形的文化，那么，在古迹全部被拆除的时候，就是我们都成为无河之舟的时候了。

掀起盖头来

　　一首民谣，我们从小就听得熟了，那就是《掀起你的盖头来》：

　　　　掀起你的盖头来
　　　　让我看看你的脸
　　　　你的脸儿红又圆呀
　　　　好像那春天的弯月亮
　　　　…………

　　这首词意简单明快的民歌，时常引起我很深的玄思。它的简单里有浪漫的趣味，也有鲜明的意象，每次唱念这首歌就像自己正站在一位窈窕淑女的面前，伸手要掀起她的盖头一样。

只是，这一小片盖头里面是一个重大的谜题：我们面对的是希望或失望，是美丽或丑陋？它可能使我们喜悦，也可能使我们怨叹；可能使我们得偿所愿，也可能使我们大失所望。

盖头在这里不再是浪漫的爱与传说，它是一个强大的命运抉择，就在掀起盖头的一刹那，我们已经展开了未来的一条道路。

在我们人世的运转中，几乎每一时每一刻都是那样的契机与抉择。那是每一个人面对命运时所无法规避的路。试想：在盖头之后，到底有多少少女的脸儿是"红又圆呀，好像那春天的弯月亮"呢？又有多少脸儿红又圆的少女，具有明净美丽的心灵呢？美的脸，明净的心灵之外，又有多少具有聪慧伶俐的思想呢？我们一直往深的地方问下去，数量就少得不可思议了。

我们天天都有这样的问题。

在真实的人生中，浪漫与实用几乎全是谜题。记得刚迁居到山上时，我一时拥有了十坪①大的荒芜的花园，为了整理这个花园，我和妻子苦恼了一阵子。我们一方

---

① 坪：1 坪约等于 3.3 平方米。

面想在花园种菜，能食用亲手栽植的蔬菜；一方面想种玫瑰，希望能终年欣赏美丽的花朵。可是当花园清理完了，我们又想一边种菜一边种玫瑰，却怕破坏了整个景观。

最后，我们决定种一园茼蒿，它既实用，又长得快，又绿得美。茼蒿很快把花园铺满了，像一片绿色的绒布毡。我每日在园中除草、浇水、施肥，感觉生命从泥土中一寸寸生长的乐趣。等茼蒿长大了，我们又舍不得吃，没想到到了冬季，茼蒿开花了。那花比玫瑰还美，是一种无以形容的鹅黄色，还散放出淡淡的奶香。

可是我常会想，我们当时如果把茼蒿吃了，我们便没有花；我们现在如果把花采了，明年就没有花籽；如果为了明年的茼蒿，我们的花园可能会干芜一两个月。唉！为什么生命里总是没有两全其美的选择呢？为什么总要牺牲一样？即使是一个小小的花园。

但也唯其有选择，才更多姿。倘若世界上的少女都是美的，就用不着盖头；倘若世界上的玫瑰都是美食，我们可能也不会用来观赏。由于不能两全，才有更大的弹性、更有力的生机。

有一朵花时常嘲笑它身边的小草，说："你既没有美丽的颜色，又没有香味，长得也不体面，还活在世界上干什么？"小草默默不语。暴风雨过后，小草对躺在身边的花朵说："美丽并不是世上唯一可以活下去的依靠。"

小草与花朵也是一种选择，前者选择长久而平淡，后者选择短暂而美丽。由于有这些选择，活着，就有它的光彩。

在面对选择的一刻又是如何呢？尼采在《查拉杜斯屈拉如是说》中有一段话：

> 某天天气很热，查拉杜斯屈拉在一棵无花果树下熟睡了。他的两臂掩护着面孔，一条蛇来了，在他的颈上咬了一口，他痛得喊了一声醒来。他放下两臂，注视着这条蛇。这条蛇看清了查拉杜斯屈拉的眼睛，它笨拙地扭动着身体想逃开去。
>
> "不要走，"查拉杜斯屈拉说，"我还不曾谢谢你！我的前路还远着，你正把我惊醒得合时呢。"
>
> "你的前路怕很短了吧！"蛇悲哀地说，"我的毒液是致命的。"

查拉杜斯屈拉笑起来："几时一条龙会因为一条蛇的毒液而死去呢？"他说，"取回你的毒液吧！你并没多到有份送给我的余裕。"

于是蛇又绕着他的颈项，舔回它的毒液。

我们每个人的前路都远着，如果有这样坦荡荡的襟怀，即使遇到命定的毒液，也无所惧了——不管盖头底下是什么，勇敢地掀了它吧，掀开后，还有许多事要做哩！

现代寓言二则

断臂的国王

有个断臂的国王
要定做一件新衣

第一个裁缝为他缝了一件
只有一个袖子的新衣
国王把这个裁缝杀了

第二个裁缝为他缝了一件
两个袖子的新衣
国王也把那裁缝杀了

第三个裁缝说

我不能做新衣

因为您只有一只手

国王把他也杀了

夜里

国王脱光衣服

看自己的一只断臂

偷偷地哭泣

因为他找不到裁缝

为他做新衣

后来有一个裁缝为国王做了一件

没有袖子的衣服

将国王的手与他的断臂

隐藏在麻袋似的衣中

国王很高兴地对裁缝说：

从日出到日落，你跑过的土地都赐给你

裁缝为了得到更广大的土地

一路没命地奔跑

最后死在日落时的黄沙里

裁缝终于得到他的土地

他的土地是

一个仅能容纳他尸体的地方

裁缝的悲剧是

为了土地忘记自己是个裁缝

国王的悲剧是

他得到的新衣根本不是一件衣服

国王穿新衣时伪装地笑着

脱光了衣服

便躲在无人的地方对镜

看自己的肢体偷偷哭泣

因为

他再也找不到第五个裁缝

有一个江湖传闻说

国王有一天醉酒

褪下他的新衣

赤身跑进森林里去

那国

便没有了国王

那国

也没有了裁缝

那国

只剩下一批裸身的男女

附记：

这不是诗，而是一个分行的寓言，是我在南部旅游时听闻某位朋友结婚，在飞机上写成的，它揉碎了四个西方寓言重新组合，我试图赋予其新意。"国王"是指未婚的男女，"新衣"是指婚姻，"裁缝"是每人对婚姻的努力。

猴 子 与 狗

有一个人养了一只猴子和一只狗，每天他带着狗和猴子到大街上跑步。狗跑得很快，人在中间追着，而他的后面又拖着那只蹒跚追赶的猴子。猴子不得不用手和脚一起跑，手脚都跑出了伤痕，结疤再磨破，再长出新的皮。

日子久了以后，猴子也跑得快了，几乎能追上前面的狗。

那人为了方便起见，每天给狗和猴子吃同样的食物。餐食有时只是两根香蕉，猴子吃香蕉吃得快，有时来抢狗的香蕉，狗为了保护香蕉，常连皮一起吞进肚里。

日子久了以后，狗也学会剥香蕉，几乎和猴子同样的速度吃完香蕉。

那人很得意，因为他把猴子训练得像狗，把狗训练得像猴子，可是猴子到底不是狗，狗也不是猴子。到最后，他养的不是一只猴子和一只狗，而是两只"猴子与狗"。

附记：

某日，沿家门前散步，见人带一猴子和狗散步，猴在后跟着，状甚苦，有感。我想起了我们的教育制度。

小河里有白鹅 🌸

　　教孩子唱儿歌的时候，有一首二十年没唱的几乎遗忘的小歌，突然溜到口边，一下子唱了出来：

> 我家门前有小河
>
> 后面有山坡
>
> 山坡上面野花多
>
> 野花红似火
>
> 小河里有白鹅
>
> 鹅儿戏绿波
>
> 戏弄绿波
>
> 鹅儿快乐
>
> 昂头唱情歌

孩子还小，根本听不懂这首儿歌的意思，只是哼哼哈哈地学唱，但我自己唱着，竟先感动起来。这是非常简单的一首儿歌，全部是真景实境的描述，凑在一起，却带给人开朗明快的情绪，说不出来的天地辽阔的感觉。

我一遍一遍地给孩子唱这首歌，他竟听得沉沉睡去了。我坐在儿子的小床边，看着他安详的面容，竟仿佛回到了自己童年学唱这首儿歌的时候。

那是小学三四年级，记得老师在音乐课上只花了一个小时，就把全班四十几个同学全教会了这首歌。为什么大家学得这么快呢？原因是那是每一个乡下家庭的真实情况，几乎每家前的不远处都有一条小河，后面总有个山坡，河里有游耍的白鹅，山坡上开满红鲜的野花。因此我们在唱歌的时候，虽然坐在教室，却从每一句都看见了真实的情景，留下极为深刻的印象。

我从来并不常唱这首歌，不期经过二十年它自己从心底跑了出来，我才知道，原来一首歌也自有它的生命，并不会在时间里消失。消失掉的反而是歌里所描写的东西，不要说都市了，连乡下的老家也没有小河山坡，更别说野花白鹅了。

　　以我的旧家来说，家前本是小河，家后正是山坡，但山坡在多年以前就被铲平，盖起一座市场，每天人来人往，声音嘈嘈；近几年，家前小河边的蕉园被规划为都市规划里的商业区，没多久盖起一家客运公司，两旁全是卖吃食的小店和计程车行。为了大客车行走方便，在小河上修了两座宽达二十米的大水泥桥。

　　小河几乎完全看不见了，唯一露出来的一段，全被住户堆满垃圾，直到快要看不见流水的地步。真没想到百年来被小镇农民倚为命脉，在上面灌溉、洗衣、钓鱼、玩耍的小河，如今几乎完全失去功能，甚至早就没有鱼了。这条河在小镇逐渐的商业化里，仅存的功能就是雨季来临的时候，把垃圾冲刷到远方去。

　　商业小镇需要什么河和山呢？需要什么田野呢？小镇的山被铲平，河被掩盖，过去赖以维生的农田由于多数人的转业也日渐在缩小，人在繁衍，屋子在增建，道路要扩宽，工厂陆续盖起，甚至使白鹅野花也没有容身之地。

　　过去在乡下，每家每户或多或少养着鸡鸭、白鹅和火鸡，以便作为过年过节的团圆祭祖之用，或者款待远地来的贵客。现在想起来，养家禽不是为了经济的理由，一来是六畜兴旺，乡人相信可以兴家；二是珍惜五谷，吃剩的饭菜不忍丢弃，正好用来养家禽；三来也是一种景观，由于家禽的点缀，使农村更有生气，本来寂静的午后，几只斑灿羽毛的公鸡横过小路，偶尔引颈而吟，顿时使一个小镇充满了声音与色彩。

现在不同了，市场里永远贩卖价廉的鸡鸭，而人们的观念改变，也舍得把吃剩的食物倒弃了，家里养几只白鹅，快乐地在河上唱情歌已经完全失去意义。都市的孩子唱起这样的儿歌更是莫名所以了。

有时候我们真希望给孩子一个良好的生长环境，我觉得最好的当然是前有小河后有山坡的那种，每天从门槛出来，马上看到一个无尽的天地。这个愿望看起来很小，却不容易做到，即使找到有河有山的地方，河已无鱼无虾，山已无草无花，那么河山有何意义？

我们有许多儿歌迟早都要变成一种原野的乡愁了，因为孩子不能了解过去的世界，我们也对这种环境的改变无能为力。

秀才骑马

　　小时候，家乡流传过一首好听的童谣，我现在还记忆鲜明……

　　　　秀才，秀才，骑马弄弄来；
　　　　坐马顶，跌落来，跌一下真厉害；
　　　　嘴齿痛，糊下颌；
　　　　目睭痛，糊目眉；
　　　　腹肚痛，糊肚脐；
　　　　嘿！真厉害！

　　这首童谣不是用唱的，而是用吟的，它用闽南语读起来特别有味，是旧时我们用扫把当竹马骑时边跑边念的，愈唱愈快，直到人仰马翻才停止。

　　那时候我们对"秀才"的印象并不真确，只在歌仔戏台上看过，每个秀才都是女扮男装，涂着厚厚的脂粉，然后寒窗苦读十年或者数十年，年年进京去赶考。每个秀才都是眉清目秀，弱不禁风，进京赶考的时候，往往有书童帮他们挑着两箱厚重的行李，偶尔骑在马上，也是马童侍候，牵着一步一步慢慢走，万一中了状元，回乡时的马匹众人簇拥，倒也无虑落下马来——我们对"秀才骑马"的联想大致是这样的。

　　因此，儿时唱的这首童谣有一点点恶戏的味道，似乎秀才骑马快跑（弄弄是形容速度）免不了要跌下马，加上秀才的身体虚弱，随便一摔，伤势就很惨重。

　　而且秀才好像除了读书，不懂别的事。牙齿痛，他把药涂在下巴；眼睛痛，却涂眉毛；肚子痛，则涂在肚脐上了。

　　过去的乡下，一乡也出不了几个读书人，秀才更是罕见，我们每回看到三合院的屋顶有高耸的燕尾，就知道那家人的祖上似乎是出过秀才的。那时候我们唱这样的童谣，心里虽也肃然起敬，但不免为秀才的文弱感到可笑。

　　说起过去的书生，到宋朝以后，文武双全的人实在太少，为的是要考科举。假如他平时也骑马练身体，不就荒嬉了功课吗？以前读书只是读书，管不到其他的事。

最近开始教儿子唱童谣，突然忆起"秀才骑马"的歌，孩子当然不能懂歌中的含意，我自己却因而感触良深。

其实，秀才在古代只是受过基础知识教育的学生，宋朝时，凡是到京城去考科举的都称为秀才；到明清，凡是进入府州县的"学生员"全部叫秀才。比照今天来说，秀才的程度顶多是个高中学生，这样，我们现在差不多到处都是"秀才"，在古代只是物以稀为贵而已。

想到秀才，便想到现在的高中学生不正如古代，为了考试几乎牺牲了一切吗？我有一些亲戚的孩子正在读高中，最近放暑假，他们完全没有享受到暑假的乐趣：早上学校要课外辅导，下午要上补习班，晚间还要写作，复习功课。一看到那些文弱的戴着深度眼镜的青年，心中不免一痛，浮起那骑马跌落的秀才形象。

到底什么时候，我们的秀才能骑马奔驰，不会跌落马背呢？至少我期望自己的孩子不要成为童谣里那样的秀才。

铜胃铁耳朵

胃　　篇

淡水海岸码头上，有一家卖"铁蛋"的小店，这小店虽是小本经营，因为风味殊异，时日一久，竟也名闻遐迩。随后在淡水镇上出现了十几家卖"铁蛋"的店家与小摊，码头边的一家因为假铁蛋的增多，只好打出"仅此一家，别无分号"和"淡水铁蛋的元祖"种种招牌。

所谓铁蛋，不是别物，正是卤蛋；但铁蛋又不同于一般卤蛋，它是一卤再卤，卤个十天半月，把一枚白嫩嫩的鸡蛋，硬是卤成拇指大的黝黑结实、坚硬如铁的蛋。这拇指大的一粒蛋究竟硬到什么程度呢？拿一把刀可以将它切成二十片，一片片地下酒。一般卤蛋切成八片早就碎了，铁蛋却可以不碎。

　　至于铁蛋的味道，类似宜兰出产的咸肝、鸭赏之流，不是拿来干吃的。

　　吃铁蛋的时候，我想的不是味道，倒是它的制作过程和吃到肚子里的结果。新鲜鸡蛋卤个十天半月，在锅里会起什么样的化学变化，我们不知道，至于放这样久的一枚鸡蛋，在卫生方面是不是可靠呢？吃到肚子里会引起什么反应？对中国人来说也不重要，胃肠的问题留给胃肠自己去解决吧！

　　我担心的是"铁蛋"既以坚硬的特性做号召，是其质如铁，对于这种铁似的卤蛋，究竟有什么样的胃来消化？血肉做的胃当然不行，得具备一个像老舍所说的"铜铸的胃"才行。

　　中国人的胃千锤百炼不必细表，光是"铁蛋""棺材板""鼎边趖"这些食物名称就够让人心惊。而且吃香、喝辣、逐臭、食腐，全是中国南北各方的名菜。

　　有一些是以百年老锅来做招牌的，像"啥锅""担子面肉臊"，新鲜的可不稀奇，要使用一百年，从来不洗的锅才会有那股子美味；中国人对这种"陈年老货"感情深笃，你看满街卖担子面的摊子，就没有一家把锅洗得清亮，即使是新开张的担子面摊，也故意把锅弄得又老又破，像是从古董店的柜子刚请出来的，否则挑剔的顾客光看到一个新锅，就要"食欲不振"了。

不洗的锅，中国人叫作"养锅"，锅乃是有生命之物，要像菩萨一样供养，不得随意清洗的。不洗的茶壶，叫"养壶"，我是嗜茶的人，但总不知养壶这一套，每日茶具全要刷洗，有一天朋友来看了我的茶壶大吃一惊，以为是新买的，我说："用了十年了。"引来朋友一篇"养壶大道"，他的结论是："中国几千年来，数亿万人中，你大概是第一个不知道养壶的人，连壶都不知道养，谈什么喝茶？"

说完拂袖而去，留下我像犯了天条大罪，后来我买来一把民初的壶，茶垢满满，供养起来，会喝茶的人来就喝"养壶"，我自己喝用的还是"新货"，才总算保住了面子。我想，中国人如果不是有千年铜胃，怎么能承受这些"百年老锅""百年老壶"呢？

我家附近有一家烧饼油条店，有时绕过去看他们炸油条，一条白细的面团丢入锅里，经过翻腾则成为又饱满又香脆的油条，但也仅止于看，油条我是不吃的，原因不在"条"，而在"油"。

我住在那里将近五年，没有看过油条店里换新油，那油黑得像酱油，有短少了，店家加一些新油进去，有一次正好遇到他们添新油，我就问了："为什么不干脆换了新油呢？"

炸油条的笑起来说："小老弟，这你不懂，油条要用老油来炸，才会香脆，就是我们说的老油条。用新油炸的油条又软又韧，没有味道的。"

我说："可是新油卫生、新鲜呀！"

他的脸涨红起来："中国人吃老油条吃了几千年，没听说因为吃油条生病的。"

我只好赔笑，是的，中国人的铜胃不但承受百年的锅壶，甚至还能消化千年老油呢！油条店如此，偶尔去看看炸鸡腿、炸排骨的油锅，也会让人的胃像在油锅里翻滚。可千万别说那油里有问题，中国人的胃是特制的，吃了几千年没生过病哩！

家附近还有一摊卖臭豆腐的，招牌是"土法制造，最臭豆腐"，油里的乾坤不必细表，光是那味道就足以令人绕道而行，我每次回家都不敢从摊子面前过，总是走街的斜角，生怕一路过，嗅觉会突然失灵。我想，东西臭到这步田地，有人还能甘之如饴，中国人胃里的能耐可想而知，海畔固有逐臭之夫，但臭是不是也应有自由的规范，以不侵犯他人为宜？

中国人敬老，在食物上最能表现，陈皮的梅子、陈年的老酒，置放十年的酱油，传了几代的腐乳，都是老而弥坚。最老的莫过于胃，胃的能力真如故宫周朝的铜器，愈老愈有力，我最敬佩那种什么都能吃的人。有一回，在中华路老人茶馆，看两位七十岁的老人下围棋，一盘下来，每人吃了一斤瓜子、五壶茶，非天人不能至。

在酒席上，我看过十个人吃二十四道大菜，喝掉一百多瓶啤酒，还有未尽之势，这如果不是人人有一个铜胃，就是各自练了《天龙八部》里的六脉神功，否则这足以装满两布袋的菜，足以加满一部货柜车油箱的酒，到底化往何处？

可叹，我虽身不能至，而心向往之，假如有胃如铜，铁蛋也就无所惧了。

耳　篇

老舍在《赵子曰》这篇小说里，有一段写中国人的特殊身体构造，最为入木：

　　所谓地道中国人者是：第一，要有个能容三壶龙井茶，十碟五香瓜子的胃；第二，要有一对铁做的耳膜。有了这两件，然后才能在卧椅上一躺，大锣正在耳底下当当地敲着"四起头"，唢呐狼嗥鬼叫地吹着"急急风"。

　　有些洋人信口乱道，把一切污浊的气味叫作"中国味儿"，管一切乱七八糟不干净的食品叫"中国杂碎"。其实这群洋人要细心检查检查中国人的身体构造，他们当时就得哑然失笑而钦佩中国人的身体构造是世界上最进化的，最完美的。因为中国人长着铁鼻子，天然的闻不见臭味；中国人长着铜胃，莫说干炸丸子、埋了一百二十多年的老松花蛋，就是肉片炒石头子也到胃里就化。同样，为叫洋人明白中国音乐与歌唱，最好把他们放在青云阁茶楼上；设若他们命不该绝，一时不致震死，他们至少可以锻炼出一双铁耳朵来。他们有了铁耳朵之后，敢保他们不再说这大锣大鼓是野蛮音乐，而反恨他们以前的耳朵长得不对。

老舍算是生得早的，只在戏台茶楼锻炼铁耳朵，如今的中国人的耳朵是在机械化里磨的，其坚强明亮简直胜过钢铁。

例如就在台北火车站前面，就有一个标示噪声分贝的看板，它的安全分贝是七十，但是有缘早晚到火车站前看看，分贝指数通常是超过九十的，倘若有几个拔掉灭音器的飞车党路过，而我们有幸遇到，分贝指数就突破了三位数。有了分贝的标示，照理可以使我们心生警惕，但是不然，那个分贝表很少低于安全标准，只有在防空演习时，分贝才在安全的范围内。

这倒还是好的，我们不去火车站不就结了？我有一个朋友住在中华路铁道旁，每天几十班火车轰隆经过，火车过处，门窗作响，杯子在桌上跳舞，他却安之若素，出门旅行时反而对四周的寂静不习惯，无法入眠，他的铁耳早就百炼成钢、处变不惊了。

即使住在安静的所在，同样能锻炼耳朵。我住的地方就曾经有上下左右麻将同时开打的记录，初开始的时候真是坐也不是、站也不是，向警局求告，他们也爱莫能助，原因是："星期六打个麻将是人之常情嘛！"几年下来倒也好了，坐在四周麻将声中如入无人之境——

这对铁耳是自然锻炼成的。

偶尔看看电影、看看电视，觉得声量总是过大，该是甜言蜜语喁喁唧唧的对话，往往形同吵架；看武侠的，全场吆喝打杀不绝还是好的，有那功夫高的大侠，转个拳头是呼呼作响，弹个指头则是声若雷鸣，几乎没有一点声音的空隙。这是青云阁茶楼听戏"那样"的"传统"，不足为怪，要演给有铁耳的民族看的戏，不如此，如何才能穿墙凿壁呢？

节庆时在庙前开演的戏，高挂的麦克风就不必说了。

日常生活也是非铁耳不足以自行，胆敢进入广东人的茶楼里。主客非得隔空喊话就不能沟通，这时铁耳朵还得准备一副闸子，随时开关——有位朋友开玩笑说："怪不得广东人通常瘦削，却长一副大耳朵，因为他们是在茶楼长大，茶楼固非平常之地也。"

如果好不容易找到一个清静的咖啡厅，很快大家都来图个清静，马上也就嘈杂不堪。

如果好不容易知道一个风景区是安静的，很快就会吵到你看不到风景。

如果好不容易能睡个好觉了，半夜十二点就会鞭炮作响，因为正值某家神明诞辰。又好不容易睡到清晨，鞭炮又响，因为隔壁顶楼的人正在放鞭炮训练鸽子哩！

总之，在台北，很难找到一个不靠近寺庙、学校的住处，寺庙做法会、学校广播，都会令人疑心身在战场。我住的地方前有寺庙，右有市场，左有学校，中间还有警局和消防队，警车、消防车、巡逻车、救护车无日无之的鸣笛与学校日夜的敲钟相互辉映；寺庙的诵经与市场吆喝一色齐飞，如果不是多年训练的一双铁耳，真是无以承受。

有一回在敦化南路的林园大道听到蝉声，真是心中一震，可是一跨过马路，耳朵伸得再长，蝉声已不可辨，乃被车声隔阻，心中更是一凛。蝉声虽吵，但万蝉争鸣，还抵不过一车路过。

人生也莫不过如此，登机作客而已，刚上飞机时轰然作响，但起飞不久则听不到飞机的声音，等到下了飞机，什么都听不见，耳中还是飞机声。台北人都是正坐在飞机上的。

中国人的耳朵真是千锤百炼，下次遇到朋友，不妨弹弹他的耳朵，不铿然作响者几希！

海的儿女

"对我们讲讲海好吗？"有一天我带着几个小侄儿到海边去，都市的小孩子很少看海，突然这样要求我。

我有什么资格告诉他们关于海洋的故事呢？海在过去曾经有过无数文学家给它赞美、为它颂歌；也有无数的人依它生活，充满了血泪；同样也有无数的人在里面埋葬，在雄伟的海前，完成了他们渺小的一生。他们都有资格来为我们讲海，但他们也同时没有一个真正了解海。

——海不是用来被人了解的，海是用来给人感动、启示、联想，乃至于生活的。

我的海洋经验说起来十分渺小，但我可以说是爱海的。我的学生时代，有三年是在海边的学校度过，每日黄昏下学以后，我就孤单地到海边去，顺着台南的安平海岸散步，静静听着海洋的呼吸。有一次台风前夕，甚至在海岸看看呼喊的海啸，巨浪冲天，背面的天空则是一片光灿到不可逼视的橘红。那时我为海的伟大而深深感动，但我并不能确知海，因为那时我刚从山上的农家来到海边的学校。

当我开始认识到班上的同学，才发现我的同学绝大多数来自海边，他们的家长都依海维生，但从事不同的工作。有的是盐民，靠着将海水引进，晒成白颜色的盐生活；有的是蚵民，在海边插下蚵种，等待海洋的孕育与收成；有的是农民，他们在离海不远的沙地上种西瓜、香瓜以及花生。海埔地虽然贫瘠，但仍然生养他们。最多的则是渔民了，他们几乎天天到海里去捕鱼，有的是沿海、近海，也有远洋的，我才知道远洋的渔民是一出门便是一年半载看不到土地的；另外有一种也算是渔民，他们在海边围成鱼塭，养虾蟹和虱目鱼。

我慢慢理解到，原来光是在海边竟是有这样不同的生活，那海里的多样更是不用说了。有时候接受同学的邀请，我就住在他们海边的家，白天与他们到海边去劳动和游戏，晚上则目送同学的父亲出海去讨生活，清晨则看着海边的风向球，等待归航的船只，在曙光初透的时刻，在鱼市场看渔民拍卖一箩筐一箩筐的鱼货，并互相谈询着昨夜的海上，以及今夜和未来几天海洋里可能的变化。

——海是每天都不同的，海是每一时刻都在变动的。

高三那年，一位要好的同学在课室上流泪，我才知道不久前他的哥哥在远洋渔船遇到风难而找不到尸体了。我的同学短短几天就坚强起来，使我惊奇，后来才了解依海维生的人早就看清了自己的宿命，那就像我们与盐民在海边踩水车，踩快的时候，有时会一脚踏空。不同的是，水车可以再踏一脚，在海里则没有这种机会。

当我开始比较会生活以后，我就在旅行的时候到海边去住宿，虽然有时候到像垦丁这一类的地方只是去感觉海水的湿度，看海边的浪，以及接受银光色水母的攻击。更多的时候我到海边去生活，我曾在澎湖大仓岛的渔民家里住过，申请出海证，到沿海一带去捕鱼。

我曾在宜兰东澳的渔民家住过，白天在东澳小学教小学生读书，夜里坐在海风的庭前，听年老的渔民回忆海边的风浪。后来认识了海防士兵，他们特准我在深夜坐在海边，想象海里发生过的故事。

我曾在基隆八斗子海边渔家住过，那时八斗子海边正要扩建码头，不得不拆去海岸的妈祖庙，我因为感同身受，便同渔民抗议庙的拆除。虽然庙还是不得不拆，但那一回我深刻地知道，一辈子捕鱼的人对大海还是敬畏的，因此不管任何海边都有保护的庙宇，而不论何时出海，出海前都要放鞭炮。

我也曾在台南四草的养蚵人家住过，白天和他们撑着竹筏到海岸去采蚵，并把蚵运到邻近的市场。夜里在砖屋前喝米酒唱渔歌，放松着，准备明日的奋斗。

如果说，渔民是海里的农夫，我曾和他们一起入海耕耘；如果说，渔民是海的挑战者，我曾和他们一起抗争；如果说，渔民是海的儿女，我曾经和他们一起投入母亲的怀抱；如果说，渔民对海还有恐惧，我曾和他们一起烧香祷告，祈求平安。

但如果说，这样我就算了解海，并不是的。我和一位大我十岁的渔民谈海，他告诉我，他七岁时就开始到海里谋生，但他还是不了解海，他说："像我们出海，没有一个人下网前能估算他捞起来时的收获。"又说："甚至到现在，我还不知道自己居住的海边有多少种鱼，常常有一些鱼捞上来，连我都没见过。"他还说："就说天气好了，我还不敢把握每一天海上的天气呢！因为海最敏感，陆上无风时，海上可能正刮着大风呢！"

从来没有人能知道完全的海吧！我曾走过闻名世界的科林斯地峡，它凿通地中海和爱琴海，我站在地峡往两边望，一边是青森色，一边是蔚蓝色，而地峡的水是透明的浅蓝，光海的颜色就让我们不能猜度了。

海明威的《老人与海》算是最伟大的海洋文学了，表面上，老人与海洋的抗争结束，老人战胜了鲨鱼，可是真正的本质里，海还是大到无以对抗的。

海是那样多变的吧！却又不尽然，我有一位远洋渔船的船员朋友，每次出海就是一年多，海洋里单调的生活常常使他想自杀。可是一旦回到陆地，夜里听到船只出港的汽笛就心情激荡，想再回到大海的怀抱。他在那样又爱又恨的情绪里，在海洋上度过他大部分的青春岁月。

记得我在澎湖大仓岛居住时，每天和大仓小学的孩子在操场打篮球，篮球板背面就是大海，传球稍有不慎，篮球就顺着岩岸滚入大海，孩子马上纵身跑入大海中拾球，继续比赛，常常一场球打下来，到海中捡二十几次球。

我教孩子读书是困难的，因为在澎湖大仓岛上，你无法告诉孩子什么是火车、什么是汽车、什么是冷气、什么是电扇，这些现代的东西岛上都没有（岛上用火力发电，每天夜里八点到十点供应两小时，所以孩子还知道电灯）。

甚至也没法让小孩知道什么是河流、什么是山、什么是稻子（岛上既无山也无河，唯一能够生长的作物是花生与番薯）。我们也无法让孩子了解陆上的动物，这里的陆上除了猫狗，几乎没有其他动物。

可是要谈起海呢！我在小学生的面前就显得无知而渺小。每一个七岁以上的孩子，都能够辨认海边的渔具和虾蟹，会帮母亲补网，能够在海中空手捕到一些鱼类。他们知道几月份可以出海捕鱼，出海的时候可以捕到什么，捕小管和捕沙虾的工具有什么不同，而且也知道什么样的风向不宜出海。

我甚至向一个五岁的孩子学到，如何用石头剖开海胆，挖出里面的肉烤来吃；如何分辨可食用的海参和有腥臭不能吃的海参；如何用腐肉在岩岸边捕捉行动迅速的小蟹……

海洋的学问是这样大，几乎比陆上还要复杂，可是生活在海岛上的大海儿女，他们一出生就学会了那些学问。

　　那么我有什么资格向陆上的孩子讲述海洋的故事呢？要了解海洋，唯一的方法是住到海边去，要知道海洋的故事，就要和海的儿女做朋友。

　　大地是我们的。

　　海洋也是我们的。

　　大地的儿女是我们的孩子。

　　海洋的儿女也是我们的孩子。

　　他们在日常生活中得来的智慧与启示，就是我们明日的希望。

心田上的百合花开 🌼

在一个偏僻遥远的山谷里，有一个高达数千尺的断崖。不知道什么时候，断崖边上长出了一株小小的百合。百合刚刚诞生的时候，长得和野草一模一样。但是，它心里知道自己并不是一株野草。

它的内心深处，有一个纯洁的念头："我是一株百合，不是一株野草。唯一能证明我是百合的方法，就是开出美丽的花朵。"有了这个念头，百合努力地吸收水分和阳光，深深地扎根，直直地挺着胸膛。

终于，在一个春天的清晨，百合的顶部结出了第一个花苞。

百合的心里很高兴，附近的野草却很不屑，它们在私底下嘲笑百合："这家伙明明是一株草，却偏偏说自己是一株花，我看它顶上结的根本不是花苞，而是脑袋长瘤了。"在公开场合,它们则讥讽百合:"你不要做梦了!即使你真的会开花,在这荒郊野外,你的价值还不是跟我们一样。"

偶尔有飞过的蜂蝶鸟雀,它们也会劝百合不用那么努力地开花:"在这断崖边上,纵然开出世界上最美的花,也不会有人来欣赏啊!"

百合说:"我要开花,是因为我知道自己有美丽的花;我要开花,是为了完成作为一株花的庄严生命;我要开花,是由于自己喜欢以花来证明自己的存在。不管有没有人欣赏,不管你们怎么看我,我都要开花!"

在野草和蜂蝶的鄙夷下,百合努力地释放内心的能量。有一天,它终于开花了。它那透着灵性的洁白和秀挺的风姿,成了断崖上最美丽的一道景色。这时候,野草和蜂蝶再也敢不嘲笑它了。

百合花一朵一朵地盛开着,花朵上每天都有晶莹的水珠,野草们以为那是昨夜的露水,只有百合自己知道,那是极深沉的欢喜所结出的泪滴。年年春天,百合都努力地开花、结籽。它的种子随着风,落在山谷、草地和悬崖边上,到处都开满洁白的百合。

几十年后,远在百里外的人们,从城市、从乡村,千里迢迢赶来欣赏百合开花。许多孩童跪下来，闻嗅百合花的芬芳；许多情侣互相拥抱，许下"百年好合"的誓言；无数的人看到这从未见过的美丽，感动得直落泪，触动了内心那纯净温柔的一角。那里，被人称为"百合谷地"。

不管别人怎么欣赏，满山的百合花都谨记着第一株百合的教导："我们要全心全意默默地开花，以花来证明自己的存在。"

林清玄小语

林清玄小语